# Aprendendo com os aprendizes

A construção de vínculos entre professores e alunos

Gabriel Chalita

# Aprendendo com os aprendizes

A construção de vínculos entre professores e alunos

*Ciranda Cultural*

# Aprendendo com os aprendizes

*Direção geral*: Donaldo Buchweitz
*Coordenação editorial*: Cristina Nogueira da Silva
*Assistente editorial*: Elisângela da Silva
*Preparação*: Sueli Brianezi Carvalho
*Revisão*: Ana Paula Aragão
*Projeto gráfico*: Cristina Nogueira da Silva
*Diagramação*: Marco Antônio B. Ferreira

Dados Internacionais de Catalogação na Publicação (CIP)
(Câmara Brasileira do Livro, SP, Brasil)

---

Chalita, Gabriel
  Aprendendo com os aprendizes : a construção de
vínculos entre professores e alunos / Gabriel
Chalita. -- São Paulo : Ciranda Cultural, 2009. --
(Coleção cultivar)

  Bibliografia.
  ISBN 978-85-380-0558-2

  1. Interação professor-alunos 2. Pedagogia
3. Professores e estudantes 4. Psicologia educacional
5. Relações interpessoais I. Título. II. Série.

09-05107                                    CDD-371.1023

---

Índices para catálogo sistemático:

1. Autoridade pedagógica : Professores e alunos :
   Relacionamento afetivo-cognitivo : Educação
   371.1023
2. Professores e alunos : Relação pedagógica :
   Educação   371.1023

*Ciranda Cultural*
**CIRANDA CULTURAL EDITORA E DISTRIBUIDORA LTDA.**
Rua Frederico Bacchin Neto, 140 - cj. 06 - São Paulo - SP
Tel.: (11) 3761-9500 – www.cirandacultural.com.br

## Oferecimento

Para Carmen Lúcia Bueno Valle,
Eloísa de Souza Arruda, Luciana Temer
e Sérgio Shimura, professores geniais.

## O outro Brasil que vem aí*

Gilberto Freyre

*Eu ouço as vozes*
*eu vejo as cores*
*eu sinto os passos*
*de outro Brasil que vem aí*
*mais tropical*
*mais fraternal*
*mais brasileiro.*
*O mapa desse Brasil em vez das cores dos Estados*
*terá as cores das produções e dos trabalhos.*
*Os homens desse Brasil em vez das cores das três raças*
*terão as cores das profissões e regiões.*

---

* FREYRE, Gilberto. *Poesia reunida*. Recife: Editora Pirata, 1980.

*As mulheres do Brasil em vez das cores boreais*
*terão as cores variamente tropicais.*
*Todo brasileiro poderá dizer: é assim que eu quero o Brasil,*
*todo brasileiro e não apenas o bacharel ou o doutor*
*o preto, o pardo, o roxo e não apenas o branco e o semibranco.*
*Qualquer brasileiro poderá governar esse Brasil*
*lenhador*
*lavrador*
*pescador*
*vaqueiro*
*marinheiro*
*funileiro*
*carpinteiro*
*contanto que seja digno do governo do Brasil*
*que tenha olhos para ver pelo Brasil,*
*ouvidos para ouvir pelo Brasil*
*coragem de morrer pelo Brasil*
*ânimo de viver pelo Brasil*
*mãos para agir pelo Brasil*
*mãos de escultor que saibam lidar com o barro forte e novo*
*[dos Brasis*
*mãos de engenheiro que lidem com ingresias e tratores*
*[europeus e norte-*
*-americanos a serviço do Brasil*
*mãos sem anéis (que os anéis não deixam o homem criar nem*
*[trabalhar).*

*mãos livres*
*mãos criadoras*
*mãos fraternais de todas as cores*
*mãos desiguais que trabalham por um Brasil sem Azeredos,*
*sem Irineus*
*sem Maurícios de Lacerda.*
*Sem mãos de jogadores*
*nem de especuladores nem de mistificadores.*
*Mãos todas de trabalhadores,*
*pretas, brancas, pardas, roxas, morenas,*
*de artistas*
*de escritores*
*de operários*
*de lavradores*
*de pastores*
*de mães criando filhos*
*de pais ensinando meninos*
*de padres benzendo afilhados*
*de mestres guiando aprendizes*
*de irmãos ajudando irmãos mais moços*
*de lavadeiras lavando*
*de pedreiros edificando*
*de doutores curando*
*de cozinheiras cozinhando*
*de vaqueiros tirando leite de vacas chamadas comadres dos*
*[homens.*

*Mãos brasileiras*
*brancas, morenas, pretas, pardas, roxas*
*tropicais*
*sindicais*
*fraternais.*
*Eu ouço as vozes*
*eu vejo as cores*
*eu sinto os passos*
*desse Brasil que vem aí.*

# Sumário

Palavras iniciais .................................................. 15

Capítulo I - Quem é o aluno? ............................. 25

Capítulo II - A heterogeneidade do processo educativo .............................................................. 41

Capítulo III - Professor-aluno: uma relação de vida ................................................................. 59

Capítulo IV - Educar acreditando no outro ......... 77

Capítulo V - Superando vícios e construindo virtudes ............................................................... 95

## Palavras iniciais

Já são muito difundidos entre os professores os conceitos educacionais relacionados aos quatro grandes desafios que garantem a eficiência do processo pedagógico:

Aprender a ser
Aprender a conviver
Aprender a conhecer
Aprender a fazer

O objetivo deste livro é tratar principalmente de um desses desafios: aprender a conviver. Sabe-se que ninguém consegue conviver sem, primeiro, aprender a ser, ou seja, sem antes assumir a própria individualidade. Cada ser é único, com identidade, condições e aspirações próprias, cuja existência, porém, não se cumpre isolada e privada do concurso da alteridade, do diálogo com o outro. Ser é conviver. É na relação com os outros que nos afirmamos e nos realizamos.

Aprender a ser é desafio de toda uma vida. As nossas imperfeições são visíveis. Somos seres em construção. Não estamos prontos. Acabados. Que nessa construção, a despeito das diferenças, saibamos contrapor as forças que nos unem aos interesses que nos afastam, prevalecendo-nos da experiência com o outro, para nos completar e aprender com os seus erros e acertos.

A convivência amplia nossos horizontes, mas também define nossos limites. Se conviver implica respeitar o outro, a liberdade, essencial à condição humana, tem um custo: a responsabilidade. Respondemos, perante os outros, por nossa liberdade de decidir e de agir. Por consequência, quanto mais nos conhecemos – quanto mais aprendemos a ser livres com responsabilidade –, maior é a nossa probabilidade de conviver em harmonia com o outro, suprindo e compensando mutuamente as limitações da nossa individualidade, sem faltar com o respeito recíproco.

A convivência requer compromisso, partilha, renúncia, diálogo e consenso, sem abdicar das diferenças. Sem essas condições, o que resta é discórdia, a negação da convivência. A capacidade de compartilhar as experiências de outrem pressupõe simpatia. E o que é simpatia? Casimiro de Abreu responde:

*Simpatia – é o sentimento*
*Que nasce num só momento,*
*Sincero, no coração;*
*São dois olhares acesos*
*Bem juntos, unidos, presos*
*Numa mágica atração.*

*Simpatia – são dois galhos*
*Banhados de bons orvalhos*
*Nas mangueiras do jardim;*
*Bem longe às vezes nascidos,*
*Mas que se juntam crescidos*
*E que se abraçam por fim.*
*São duas almas bem gêmeas*
*Que riem no mesmo riso,*
*Que choram nos mesmos ais;*
*São vozes de dois amantes,*
*Duas liras semelhantes,*
*Ou dois poemas iguais.*

*Simpatia – meu anjinho,*
*É o canto de passarinho,*
*É o doce aroma da flor;*
*São nuvens dum céu d'agosto*
*É o que m'inspira teu rosto...*
*– Simpatia – é quase amor.*

No lirismo de Casimiro, as boas coisas da vida, as singelas, atraem, aproximam, unem, estabelecem vínculos que nos permitem conviver com o outro de forma mais harmoniosa.

Ao lado da simpatia, a moderação se faz mais importante que a eloquência, no diálogo com o outro. Graciliano Ramos, em uma entrevista concedida em 1948, fala sobre a humildade das palavras:

*Deve-se escrever da mesma maneira como as lavadeiras lá de Alagoas fazem seu ofício. Elas começam com uma primeira lavada, molham a roupa suja na beira da lagoa ou do riacho, torcem o pano, molham-no novamente, voltam a torcer. Colocam o anil, ensaboam e torcem uma, duas vezes. Depois enxáguam, dão mais uma molhada, agora jogando a água com a mão. Batem o pano na laje ou na pedra limpa, e dão mais uma torcida e mais outra, torcem até não pingar do pano uma só gota. Somente depois de feito tudo isso é que elas dependuram a roupa lavada na corda ou no varal, para secar. Pois quem se mete a escrever deveria fazer a mesma coisa. A palavra não foi feita para enfeitar, brilhar como ouro falso; a palavra foi feita para dizer.*

A humildade das palavras nos faz perceber o poder que elas têm para construir ou destruir relações. A humildade é tinta certa para que a pintura da aprendizagem não saia borrada.

A convivência entre professores e alunos só será possível se, para ambos, resultar claro que, apenas pelo vínculo do compromisso, da responsabilidade e do respeito mútuos, o processo de ensino-aprendizagem poderá cumprir efetivamente o seu papel. É necessário que o aluno admire o professor para aprender com ele. Por outro lado, o professor também tem muito a aprender. Nessa relação de admiração surge um amor responsável. Mestres e aprendizes ensinam e aprendem. A diferença está na experiência, no tempo do preparo, na maturidade. Na disposição para a luta.

Paulo Freire, em sua *Canção Óbvia*\*, ensina:

*Escolhi a sombra desta árvore para*
*repousar do muito que farei,*
*enquanto esperarei por ti.*
*Quem espera na pura espera*

---

\* FREIRE, Paulo. *Pedagogia da indignação*. São Paulo: Editora UNESP, 2000.

*vive um tempo de espera vã.*
*Por isto, enquanto te espero*
*trabalharei os campos e*
*conversarei com os homens.*
*Suarei meu corpo, que o sol queimará;*
*minhas mãos ficarão calejadas;*
*meus pés aprenderão o mistério dos caminhos;*
*meus ouvidos ouvirão mais,*
*meus olhos verão o que antes não viam,*
*enquanto esperarei por ti.*
*Não te esperarei na pura espera*
*porque o meu tempo de espera é um*
*tempo de que fazer.*
*Desconfiarei daqueles que virão dizer-me,*
*em voz baixa e precavidos:*
*É perigoso agir,*
*É perigoso falar,*
*É perigoso andar,*
*É perigoso, esperar, na forma em que esperas,*
*porque esses recusam a alegria de tua chegada.*
*Desconfiarei também daqueles que virão dizer-me,*
*com palavras fáceis, que já chegaste,*
*porque esses, ao anunciar-te ingenuamente,*

*antes te denunciam.*

*Estarei preparando a tua chegada*
*como o jardineiro prepara o jardim*
*para a rosa que se abrirá na primavera.*

Essa obra é um convite à reflexão sobre a relação fascinante que deve haver entre professores e alunos. Um desafio para vencer a indisciplina, a indiferença, a violência e a apatia. É a construção de possibilidades de superação de guerras que se travam porque o diálogo perdeu força e poder.

Professores e alunos precisam caminhar em busca dos mesmos objetivos. A sala de aula não pode ser uma arena de lutas nem um palco em que as vaidades se desafiam. A sala de aula tem de ser um espaço de construção, em que o amor seja o liame do conhecimento entre o passado e o futuro.

É a poesia da vida a serviço da poesia da educação. Professores mais elevados e enlevados pelo amor à educação serão mais facilmente aceitos por seus alunos. Um pouco mais de poesia, então, para começar nossa conversa:

## O teu riso

Pablo Neruda

Tira-me o pão, se quiseres,
tira-me o ar, mas não
me tires o teu riso.

Não me tires a rosa,
a lança que desfolhas,
a água que de súbito
brota da tua alegria,
a repentina onda
de prata que em ti nasce.

A minha luta é dura e regresso
com os olhos cansados
às vezes por ver
que a terra não muda,
mas ao entrar teu riso
sobe ao céu a procurar-me
e abre-me todas
as portas da vida.
Meu amor, nos momentos
mais escuros solta
o teu riso e se de súbito
vires que o meu sangue mancha
as pedras da rua,

*ri, porque o teu riso*
*será para as minhas mãos*
*como uma espada fresca.*

*À beira do mar, no outono,*
*teu riso deve erguer*
*sua cascata de espuma,*
*e na primavera, amor,*
*quero teu riso como*
*a flor que esperava,*
*a flor azul, a rosa*
*da minha pátria sonora.*

*Ri-te da noite,*
*do dia, da lua,*
*ri-te das ruas*
*tortas da ilha,*
*ri-te deste grosseiro*
*rapaz que te ama,*
*mas quando abro*
*os olhos e os fecho,*
*quando meus passos vão,*
*quando voltam meus passos,*
*nega-me o pão, o ar,*
*a luz, a primavera,*
*mas nunca o teu riso,*
*porque então morreria.*

# Capítulo I

## Quem é o aluno?

Todo ser humano é sujeito de aprendizagem. Em todos os lugares e em todas as etapas da vida é possível aprender alguma coisa. A sala de aula não é o único espaço em que a aprendizagem acontece. Entretanto, a sala de aula é um espaço privilegiado para esse aprendizado. O aluno vai à escola em busca de alguma coisa, que muitas vezes não sabe o que é, que preencha o que lhe falta. O fato é que sempre haverá algo faltando, e é por isso que a aprendizagem não se esgota nunca.

As crianças vão à escola por vários motivos. Primeiro, porque os pais têm consciência da necessidade do processo de formação que se dá na escola, sem que isso os desobrigue da responsabilidade como primeiros educadores. Vão as crianças à escola por uma obrigação constitucional: perdem o pátrio poder os pais ou as mães que se furtam a essa responsabilidade. Vão à escola as crianças porque não há quem fique com elas em casa, e os pais têm de trabalhar. Motivos não faltam para que uma criança cumpra todo o seu ciclo obrigatório de aprendizagem. Isso pode parecer lugar-comum, mas, ainda ontem, grande parte das crianças estava fora da escola, fazendo outras coisas que não estudar. A universalização do ensino fundamental no Brasil ocorreu há pouco tempo. Falta ainda universalizar a educação infantil e o ensino médio. Entretanto, esse é um assunto para outro momento. O fato é que, hoje, a consciência de que é necessário assegurar a todos o acesso à escola constitui princípio básico e incontestável.

O jovem vai para a escola porque sente que lá é o seu espaço de mudança de qualidade de vida, de mobilidade social. Vai porque quer um futuro. Vai porque acredita em um mundo novo que começa com o diploma na mão. Já aprendeu que o mercado de trabalho é dificílimo para quem concluiu seus estudos; imagine, então, para quem ainda nem conseguiu terminar a educação básica.

Vai para a escola porque quer uma profissão, e para isso sabe que precisa aprender. Ninguém consegue, sem conteúdo, dar conta dos desafios de uma vida profissional. Mesmo diante das críticas de que se aprende mais no mercado de trabalho do que na escola, porque faltaria à escola o que sobra no mercado, ou seja, a prática; mesmo com esse discurso, não há quem acredite que o profissional, sem nenhum estudo, possa galgar espaços de sucesso. No passado, em que pouca gente tinha acesso às salas de aula, não se dava tanta importância à formação escolar. Hoje, com as novas tecnologias e os novos desafios, a educação é ainda mais essencial.

O adulto vai para a escola porque não quer parar de estudar ou porque parou por um tempo e resolveu voltar para viver o que não viveu antes. Talvez a falta de recursos, o excesso de trabalho, o sustento da família tenham atrasado o sonho de aprender em uma universidade ou em uma escola. O adulto geralmente tem a maturidade de não perder tempo. Não está na escola para brincar. Está para aprender e também para conviver. Não são poucos os casos de viúvos ou viúvas, de pessoas mais velhas que, depois de criarem filhos e netos, voltam à sala de aula para começar uma nova etapa da vida.

Crianças, jovens e adultos vão para a escola com finalidades louváveis. Claro que há exceções. Há aqueles que vão porque os pais obrigam. Para esses, a escola não passa de um espaço estranho, em que são obrigados a ouvir explanações sobre matérias de que não gostam, de professores que não admiram.

Mesmo esses alunos tidos como problemáticos são possíveis de serem recuperados com uma boa convivência. O primeiro passo é não desistir deles.

Os estudantes vêm de caminhos diferentes, carregam histórias de vida cheias de tropeços. Alguns se quebraram no meio do caminho, muitas vezes, desviando-se do rumo, e é preciso muito cuidado para reconstruí-los. Como uma obra de arte rara que, por algum motivo, tenha se danificado, é preciso habilidade para restaurá-la. É necessário conhecimento, sutileza. Se não for assim, corre-se o risco de – em vez de recuperá-la – destruir-se o pouco que dela restou. É dessa destreza e delicadeza que necessita o professor na relação com os seus alunos, principalmente com aqueles que tiveram o insucesso de viver em uma família sem amor.

É preciso que o professor enxergue o aluno e tente conhecê-lo. Que se pergunte: quem são os meus alunos? O que querem? Sonham? Se sonham, com o que sonham? Se não sonham, como fazê-los sonhar?

É difícil imaginar que um professor conheça com profundidade cada um de seus alunos, até porque conhecimento exige tempo. E o tempo é tão pouco para tanta gente!

Aristóteles, em sua genial obra *Ética a Nicômaco*, no último dos dez livros, comenta sobre a relação entre a medicina e a educação. Diz o filósofo que, tal como o médico que precisa conhecer o paciente antes de prescrever o medicamento e a dieta, também o professor só pode educar quem verdadeiramente conhece. A relação tem de ser de proximidade, individualizada.

Há fatores que ajudam esse conhecimento de quem são os alunos. Dinâmicas de apresentação, memorização dos nomes, atenção às conversas. Espaço para que o aluno se revele.

Além disso, o professor tem de evitar qualquer tipo de preconceito. A primeira impressão pode ser falsa, ou melhor, se for negativa, quase sempre será falsa.

Certo ano, no início das aulas de uma turma de direito da Pontifícia Universidade Católica de São Paulo (PUC), um aluno ficou o tempo todo com os olhos fechados, quase que deitado em duas ou três carteiras, com o boné a cobrir-lhe o rosto. Os outros estavam atentos e repletos de perguntas e inquietações. A aula transcorreu muito bem, mas eu fiquei profundamente incomodado com a postura inadequada e displicente daquele aluno, em uma instituição de ensino superior.

Na semana seguinte, a cena se repetiu, e, assim que acabou a aula, eu me dirigi educadamente a ele e disse distante dos outros:

— Tiago, não me incomoda o fato de você ficar deitado na classe. Talvez você até aprenda melhor assim, não sei. A minha preocupação é com o seu futuro. Você escolheu uma profissão muito formal:

o direito. Uma postura assim pode fazer com que algumas portas se fechem em sua vida profissional. É só nisso que eu gostaria que você refletisse.

E fui saindo. Na semana seguinte, ele não foi de boné nem ficou deitado. Aos poucos, foi participando ativamente da aula e, ao final do ano, ele me disse uma frase que pode ser considerada um presente, por qualquer professor:

– O senhor mudou a minha vida, professor.

O que esse menino queria, no início do ano, era de fato testar a minha paciência. Era saber se eu, na prática, seria capaz de aplicar, em sala de aula, as teorias sobre afeto defendidas em meus próprios livros. Ele tinha a certeza de que eu daria um sermão e o expulsaria da sala de aula. Nunca fiz isso em todos esses anos de magistério. O máximo foi sugerir que algum aluno mais agitado desse uma volta, falasse fora da classe o que estivesse ávido por dizer, tomasse um copo de água e depois voltasse calmamente. Aqui está outra questão fundamental: coerência. Um educador não pode ser mal-educado. Os gestos são tão fortes, a postura é tão essencial que as palavras quase desapareçam.

O professor não pode perder o controle diante da postura inadequada de alguns de seus alunos. Não tem sentido um aluno gritar de um lado, e o professor, de outro. Não tem sentido um professor ameaçar um aluno com arrogância nem implorar com subserviência para que a sala fique em silêncio e ele consiga prosseguir.

Saber quem é o aluno exige esforço e atenção. Exige compromisso.

Eu me esforço ao máximo para saber o nome de todos os meus alunos. E não são poucos. Tento conversar nos intervalos, ouvir algumas histórias. Correspondo-me com vários deles por e-mail e Twitter. E muitos, muitos eu acompanho por longos anos. E acompanho com prazer e felicidade. É impressionante a capacidade que têm os nossos alunos de trilhar um caminho de sucesso quando nós preparamos as sapatas. Quando nós orientamos o início da caminhada, o que vem depois é com eles. Como eles decidirem.

A esse propósito, Guimarães Rosa, em *A Hora e a Vez de Augusto Matraga*, ensina os valores sobre os quais não se pode abrir mão:

*No entanto, Nhô Augusto renuncia à vingança, mas não à honra, e se regozija ao fim, radiante, ao se deparar com a hora e a vez de ser Matraga, o homem que escolheu ser. Homem capaz de agir com coragem, justiça, fraternidade e compaixão.*

No filme *My Fair Lady*, com direção de George Cukor, baseado no livro *Pigmaleão*, de George Bernard Shaw, a relação entre o ensino e a aprendizagem é abordada de forma bem interessante:

Praça do mercado central de Londres, numa noite chuvosa e fria do início do século XX. Sob a marquise, bem em frente de uma casa de ópera, pessoas da alta sociedade esperam carruagens para voltar para casa. Uma florista maltrapilha reclama em altos brados de estar sendo observada por um senhor bem vestido que insiste em anotar cada palavra que ela pronuncia. Imagina que seja um policial que a vigia para expulsá-la do seu ponto de venda. O homem, porém, é um professor de fonética, que se gaba de reconhecer a origem de uma pessoa pelo som de sua voz, com margem de erro inferior a seis quilômetros. Ele a acusa de "assassinar, a sangue frio, a língua inglesa". Curiosos se aproximam para ouvir a conversa, e testemunham uma estranha aposta. O professor Henry Higgins (interpretado por Rex Harrison) propõe ao coronel Pickering, um admirador que acabara de conhecer, que seria capaz de transformar a rude florista (interpretada por Audrey Hepburn) em uma dama preparada para frequentar as altas rodas sociais, apenas por ensinar-lhe a falar corretamente.

Para as aulas, a florista vai morar na casa do professor. A primeira providência é mandar a governanta dar-lhe um banho, prática que não fazia parte da rotina da florista Elisa Doolittle. Filha de um vagabundo beberrão, perdera a mãe muito cedo e tinha aprendido a ganhar a vida vendendo flores nas ruas. Seu modo de falar assimilara as blasfêmias dos charreteiros, as gírias dos carregadores, os gritos dos feirantes. Era sem dúvida um desafio para o professor.

Nos primeiros dias, Elisa passa horas repetindo as vogais. Sua pronúncia é horrível. Depois, passa a exercitar a diferença entre o r brando, o r vibrante e o h aspirado. O desastre é similar. Ela se desespera. Ele se impacienta. O professor, afinal, dá-se conta de que não será possível ensinar a língua sem ensinar, primeiro, a importância das atitudes. Exaustos, ambos conversam sobre o futuro. De professor inflexível, Higgins muda de atitude e passa a demonstrar maior compreensão das dificuldades da aluna. A partir desse ponto, a relação entre ambos avança, e Elisa começa a aprender com maior facilidade.

A aprendizagem tanto evolui que o professor Higgins decide levar Elisa ao templo da elegância: o jóquei-clube. Ela se comporta bem, mas comete uma gafe imperdoável ao xingar o cavalo em que tinha apostado, e que perdera a dianteira. Foi um escândalo.

De volta à casa, o coronel Pickering, o cavalheiro que havia apostado com Higgins, pondera:

"– Realmente, Higgins, é desumano continuar. Você percebe o que tentou ensinar nessas seis semanas? Ainda tem que ensiná-la a andar, a falar, a se comportar perante um duque, um lorde, um bispo, um embaixador. É absolutamente impossível. Higgins, estou tentando dizer que desisto da aposta. Sei que você é teimoso, como eu, mas esta experiência acabou."

Numa nova tentativa, a despeito das ponderações do coronel, Higgins leva Elisa a um baile em homenagem à rainha da Transilvânia, que se encontrava em visita a Londres. Elisa é apresentada à sociedade e encanta a todos, pela elegância, postura, educação e boa conversa. A própria rainha manda um emissário pedir-lhe que dance com o filho, o príncipe Gregor. Mas um especialista em línguas, o húngaro Zoltan Karpathy, assessor da rainha, se aproxima para travar conversação com Elisa, e a sua origem humilde poderia estar prestes a ser desmascarada. Mas eis o diagnóstico que Zoltan leva para a rainha:

"– O inglês dela é muito bom, o que indica que é estrangeira. Os ingleses não costumam ser muito instruídos em sua própria língua. E, apesar de ter talvez estudado com um perito em dialética e gramática, posso afirmar que ela nasceu húngara. E de sangue nobre! Seu sangue é mais azul do que o Danúbio."

Higgins e Pickering voltam exultantes para casa. Elogiam-se mutuamente pelo triunfo, mas sequer mencionam Elisa e seu esforço. Ela, deixada de lado, fica triste. Os dois homens nem percebem o abatimento da moça. Despedem-se para dormir e ela fica na sala, chorando. Henry volta, dali a pouco, porque esqueceu os chinelos. Observa Elisa e pergunta o que há de errado.

"– Com você nada, não é? – ela diz. – Ganhei a aposta para você, não foi? Já basta. Eu não conto, não é?

– Fui eu quem ganhou a aposta, sua presunçosa!

– Seu bruto egoísta! Agora que tudo terminou, vai poder me jogar de volta na sarjeta. O que será de mim?

– O que será de você? Você está livre agora. Vai poder fazer o que quiser.

– Fazer o quê? Você me preparou para quê?

– Você devia se casar. Não é feia. É até agradável de olhar. Às vezes até atraente. Minha mãe podia arranjar alguém para você.

– Eu era mais digna antes. Vendia flores, não a mim mesma. E, agora que você fez de mim uma dama, eu não sirvo para mais nada."

Higgins a chama de ingrata, e vai dormir. Não entendera o que se passava com a moça. Ela espera que ele durma e foge. Vai para o mercado, de onde viera, seis meses antes. Nenhum dos velhos amigos a reconhece. Isso a deixa ainda mais triste. É uma pessoa presa entre dois mundos, sem pertencer a nenhum deles.

Sem saber para onde ir, resolve visitar a mãe de Henry (para onde Henry vai também, pensando não ter sido visto). Num depoimento à Sra. Higgins, Elisa diz uma frase que serve como verdadeiro corolário da sua história:

"– Deixando de lado o que se aprende, a diferença entre uma dama e uma florista não é como se comporta, mas como é tratada."

Henry franze a testa ao ouvir isso. Elisa continua:

"– Serei sempre uma florista para o professor Higgins, porque ele sempre me tratou como uma florista, e sempre o fará. Mas sei que serei sempre uma dama para o coronel Pickering, porque sempre me tratou como uma dama e sempre o fará."

E a história continua.

Algumas observações são interessantes para se entender o caráter pedagógico do filme, embora as cenas, os diálogos e o contexto expliquem por si sós.

As primeiras metodologias utilizadas pelo professor Higgins não demonstraram surtir efeito. Elisa não conseguiu aprender. Por mais que ela tenha tentado, sua pronúncia era horrível, e seu inglês, um insulto aos conhecedores da língua. O esforço, repetido numerosas vezes, resultou em estrondoso fracasso. Permaneceu sem comer, sem dormir, sem direito a fazer absolutamente nada, apenas repetindo as vogais às quais não conseguiu dar a correta entonação.

Como ninguém aprende assim, o professor Higgins partiu para outra metodologia, agora mais eficiente. Começou a trabalhar, não as vogais ou a sequência de palavras, mas a atitude. A atitude frente à vida, ao sonho de ser aceita e de participar da sociedade, de deixar de ser vendedora de flores na rua para ser, de fato, uma dama. Depois de refletir sobre as atitudes, a aprendizagem ganhou um novo significado. E Elisa de fato se transforma. Mas como o mestre ensina, e também aprende, como dizia com propriedade Guimarães Rosa, é Elisa quem dá uma lição no aparentemente insensível professor Higgins.

É necessário saber utilizar o poder da palavra para realizar o milagre da transformação. A educação decorre de um movimento interno, influenciado por ambientes externos. O aluno deve ser instigado, motivado a aprender. É assim desde Sócrates, que comparava a educação à arte da parturição. A criança está pronta, mas necessita de um impulso para nascer. Sozinho fica muito mais difícil ou quase impossível. Alguma ajuda é necessária. O professor não deve desprezar as ideias próprias que seus alunos têm sobre as coisas e que trazem consigo para a sala de aula. Elas estão ali, esperando alguém, cujo conhecimento, experiência e habilidade sejam capazes de lapidá-las, ajudando a realizar a transformação que se espera do verdadeiro processo de aprendizagem. E, com gentileza, tudo fica muito mais fácil, porque o ser humano torna-se dócil frente à gentileza. Suas resistências caem e seus medos desaparecem, porque do outro lado há alguém que decididamente só quer o bem.

Gentileza é amabilidade, amenidade, atenção, civilidade, cortesia, distinção, polidez, meiguice, fineza, doçura, enfim, educação.

Essas são virtudes que transformam, alimentam e realimentam a esperança pelo poder da palavra, e impulsionam para o sonho. Gentileza. Até a palavra faz bem para os ouvidos, faz bem para a alma. Com a gentileza, os gestos surgem carregados de boa intenção, e contagiam. Pais gentis, mães gentis, filhos gentis, professores gentis, diretores gentis, governantes gentis, mulheres e homens gentis. Não parece ser difícil transformar assim o ser humano, ajudando-o a entender que, com gentileza, se vai mais longe.

Não reside aqui nenhum desejo de transformar o mundo inteiro, apenas a intenção gentil de fazer com que cada mulher ou homem, motivados pela gentileza, sejam melhores. E, sendo um pouco melhores, ajudem a construir o mundo melhor. Mesmo que esse mundo seja pequeno, apenas o das suas casas, das suas escolas ou dos círculos de pessoas que estão ao seu redor.

Já se provou que os métodos arbitrários e violentos não educam. Quando muito adestram. E adestrar o ser humano, condicioná-lo a obedecer por medo é reduzir sua estatura intelectual e emocional. A educação não é isso.

Na poesia, a inspiração para a vida. Testemunha Adélia Prado:

*Uma ocasião, meu pai pintou a casa toda de alaranjado brilhante. Por muito tempo moramos numa casa, como ele mesmo dizia, constantemente amanhecendo.*

A tranquila confirmação poética é de Cora Coralina:

*Feliz aquele que transfere o que sabe e aprende o que ensina.*

# Capítulo II

## A heterogeneidade do processo educativo

Já é lugar-comum afirmar que os alunos são diferentes uns dos outros, mas infelizmente muitos professores buscam um perfil de perfeição em seus alunos ou acabam por distingui-los de forma simplista. Traçam uma linha divisória entre os que consideram bons e ruins. É quase que um maniqueísmo cognitivo. No lado dos bons, estão os que são atentos, fazem as tarefas, tiram boas notas, são limpos, educados, bonitos. No lado dos ruins, estão os bagunceiros, os que dormem, os que não trazem o trabalho pronto de casa, os que atrapalham, enfim. Será que apesar das diferenças eles têm alguma coisa em comum? O que os une? O que os separa? De que precisam esses alunos?

O professor precisa perguntar o tempo todo para si mesmo o que fazer, como fazer, e em que momento fazer. Precisa ser reflexivo. Não deve guardar para si o que sabe, esperando que seus alunos lhe perguntem. Um professor mecânico, que cumpre o que deve ser cumprido e registra o que transferiu de informações, não reflete, não pergunta e, portanto, não se lembra de que há respostas dentro de si mesmo.

O professor, para se sentir mais seguro, acaba, de maneira inadequada, por construir carimbos que justifiquem a não aprendizagem de uma parte de seus alunos. Uns, ele carimba de disléxicos, outros, de hiperativos, superdotados, vândalos irrecuperáveis, malformados, bipolares (essa é a moda mais recente). Isso faz com que ele se sinta desobrigado em relação àqueles que não conseguem aprender ou conviver. É evidente que os distúrbios de aprendizagem existem e que muitos problemas psicológicos são suscitados por crises pessoais e sociais que ocorrem fora do ambiente escolar. Não está, entretanto, o professor, autorizado a diagnosticar e, muitas vezes, alertar os pais sobre patologias que desconhece.

Certa vez, uma mãe me procurou dizendo que a professora insistia em afirmar que a sua filha era bipolar, o que o psiquiatra havia desmentido. Tentei entender as razões que haviam levado a professora a concluir, com tanta autoridade, que a menina sofria de distúrbio bipolar, o que, em grau mais elevado, equivaleria ao que se chamava antigamente de psicose maníaco-depressiva. A única justificativa da professora era a de que a criança ora estava saltitante, alegre demais, ora estava triste, quieta em seu canto. Mais nada. Mas todo o ser humano não é assim? Todos nós, com problemas ou não, variamos da alegria ao recolhimento, das falas continuadas à necessidade do silêncio.

Uma outra professora, que reclamara de alunos hiperativos, justificou-se dizendo que eles não paravam quietos. Mas não é natural que crianças não parem quietas, que queiram se mover de um lado a outro, perguntar e brincar?

Dada a heterogeneidade dos estudantes, cabe aos educadores usar de estímulos diferentes para seduzir e encantar os alunos que são diferentes. E mais do que isso, é preciso paciência para que o tempo de aprendizagem aconteça. Mas um aspecto relevante deve ser considerado: todo aluno é capaz de aprender se o professor for capaz de ensinar. Se há elementos que dificultam o processo de aprendizagem, há professores que têm competência para trabalhar com esses elementos dificultadores e ajudar na aprendizagem, aprendendo, inclusive, com a superação dos seus alunos.

Quantas histórias fascinantes há de alunos que superam a deficiência ou a dificuldade porque encontram no caminho mestres de verdade!

Há muitos adolescentes transgressores que ocupam as salas de aula e, aparentemente, não conseguirão aprender nada. O cinema é rico em histórias assim. Em *Escritores da Liberdade*, uma professora transforma a sala de aula fazendo com que os alunos consigam enxergar o quanto estavam desistindo de lutar e de viver, e o quanto de poder desperdiçavam em uma vida também desperdiçada.

O jovem que passa por dificuldades de convivência não precisa da piedade do educador. Não se trata de assisti-lo como um sujeito estranho aos outros e que, por isso, merece mais atenção. Pode até merecer mais atenção, mas o professor tem de ser sutil. Não se valoriza a diferença. Valoriza-se a semelhança. Naturalmente, a diferença existe, mas não pode ser justificativa para a desigualdade. Iguais e diferentes, ao mesmo tempo. Desiguais, não.

Essa reflexão também vale para os alunos com alguma deficiência. Tive um aluno com deficiência na Faculdade de Direito do Mackenzie, que, na primeira aula, assim que respondi aos outros sobre o processo de avaliação, disse-me:

— Professor, eu sou dispensado da avaliação.
— Por quê? – perguntei.
— Porque tenho deficiência – respondeu.
— Mas por que isso lhe dá o direito de não fazer a avaliação? – insisti.
— Os outros professores me dispensam – respondeu.
— Eu não vou dispensá-lo.
— Mas eu escrevo devagar.
— Não tem problema. Eu me sento ao seu lado, e você vai me falando ou, então, ficamos até mais tarde para que você possa calmamente responder às questões.

Ele aparentemente não gostou muito, mas a aula seguiu o seu rumo. Duas semanas depois, eu dei um trabalho para que eles fizessem em casa. Teriam de escrever um artigo sobre determinado tema, e o aluno voltou a me pedir:

— Professor, eu não preciso fazer, não é?
— Por quê? – perguntei.
— Porque tenho deficiência, escrevo devagar.
— Mas vocês têm duas semanas para concluir o trabalho. Acho que, mesmo escrevendo devagar, dá tempo de fazer.
— É que os outros professores dispensam.
— Eu não vou dispensar, não.

Duas semanas depois, ao recolher os trabalhos, parei exatamente no trabalho desse aluno. Ele tinha feito apenas um parágrafo. Então, disse a ele:

– Parabéns! É maravilhoso o que você escreveu.
– E era mesmo.
– O senhor gostou?
– Muito. Muito mesmo.
– O senhor não está falando só para me agradar?
– Não. Você escreve muito bem. Pena que só fez um parágrafo.
– Se o senhor quiser, eu continuo.
– Está bem. Quero, sim. Pode me entregar na semana que vem.
– Não. Eu faço agora.

E ele continuou o artigo e se esqueceu de que escrevia devagar. Na verdade, os outros professores não o dispensavam. Era apenas uma forma que ele tinha usado para chamar a atenção. Evidentemente, ele já devia ter sofrido muito preconceito, e isso havia acentuado sua carência. Mas esse aluno precisava apenas de respeito, não de piedade. De limites também, como todos os outros.

Imaginar que os alunos aprendem da mesma forma e ao mesmo tempo é negar a diversidade do ser e do conviver. E nessa convivência, para que se entenda a diferença, o professor precisa escutar. Somente quem escuta é capaz de falar com o outro de forma dialogada. Há muita gente que fala sozinho, mesmo falando com o outro, porque nada diz ao outro. Porque não conhece o outro. Porque de fato nunca o escutou. Falar impositivamente não é dialogar. Dizer um texto pronto, um monólogo qualquer, dificilmente surtirá algum resultado.

Escutar o aluno é caminhar com ele pelas suas dúvidas, pelos seus medos. É dissipar alguns e permitir que outros sejam dissipados por ele mesmo, com o tempo. O aluno tem o direito de fazer a sua história, de usar de sua imaginação, de sua fantasia.

Fantasia é uma palavra que vem do latim *phantasia*, e que significa visão, imaginação, aparência, sonho, ideia, concepção. Quem fantasia, exerce a criatividade, que é parte da sensibilidade humana. É a sensibilidade que reaviva a capacidade de criar. E, ao criar, é capaz de se encontrar, o que é fundamental para a criação.

A arte é um belo caminho na educação heterogênea. A arte é libertadora. A arte é produtora de sonhos, propulsora de sensibilidade. A arte é emoção e é ação. Trabalha os elementos dos universos intrínseco e extrínseco do ser humano.

Solitariamente, tem o artista a possibilidade de refletir para criar. Sua reflexão é uma viagem pelo seu universo interno e por outros tantos universos com os quais convive, observa, percebe, sente. E dessa reflexão resultam esculturas, pinturas, escritos em prosa e em verso.

Cooperativamente, a arte é uma troca em que papéis se somam em um resultado final. Quão rica é a experiência, por exemplo, do teatro na escola! Cada um tem o seu desempenho na construção do espetáculo. Estuda-se com mais prazer, aprende-se com mais leveza, porque cada aluno percebe o significado do que pesquisa e do que realiza. O mesmo se dá com grupos de dança e de música, ou com equipes de tantas outras atividades. O artista sente que o palco é um jogo em que cada um tem de fazer a sua parte. Como na vida. O aluno precisa aprender a conviver, porque terá de resolver problemas em equipe, terá de aceitar temperamentos diferentes do seu, terá, enfim, de esperar o tempo do outro, e aceitar a forma com que o outro produz para chegar ao lugar desejado. Não há profissional que consiga resolver tudo sozinho. Nem naquelas profissões aparentemente mais solitárias como a de escritor. Alguém precisará ilustrar o livro ou fazer a sua capa, redigir o contrato para a sua publicação, cuidar da venda. E se o escritor for insuportável, mesmo que tenha talento, terá dificuldades de prosseguir.

A escola, preocupada simplesmente em melhorar o seu desempenho em exames de avaliação oficiais e no resultado de concursos vestibulares, tem a péssima predisposição de não valorizar o estudo das artes. Essa postura é equivocada, e até criminosa, sob o ponto de vista do desenvolvimento da autonomia.

Quantos alunos se descobrem nas manifestações artísticas e, a partir disso, conseguem aprender outras disciplinas também, porque passam a acreditar neles mesmos. A teoria das inteligências múltiplas não apregoa que um aluno ou é artista ou é dotado de raciocínio lógico-matemático ou espacial. Quando uma das aptidões se desenvolve, a outra também se manifesta. É a força da autoconfiança.

É por isso que o cinema faz tanto sucesso. Mesmo nos filmes cujo final muitas vezes se conhece, como *Titanic*, que levou uma multidão de jovens ao cinema em todo o mundo. Jovens que se dirigiram às salas de projeção porque havia algo a mais naquele filme, além da própria história, que os sensibilizava, as músicas, o desejo, a conquista, a luta pela sobrevivência do amor, a liberdade representada por aquele oceano. Quando afirmam que a juventude só gosta de lixo, eu devolvo com esses argumentos: jovem gosta de emoção e, por isso, precisa conhecer algo que o emocione com intensidade. Como fez sucesso o projeto na Secretaria de Estado da Educação de São Paulo, que levava as crianças a conhecer a música erudita! E jovem gosta de música erudita. É preciso apenas ser apresentado a ela.

No filme *E.T.*, diferentemente de *Titanic*, em que os protagonistas eram lindos, e talvez isso justificasse tanto sucesso, toda uma geração também se emocionou.

E.T. era feio para os nossos padrões, tinha uma fala estranha, um tamanho diferente, vinha de um lugar desconhecido, enfim, não era nada sedutor. Entretanto, seduziu. Fez com que plateias de todas as idades sofressem com o seu sofrimento e vibrassem com a sua vitória. Se ficássemos na primeira impressão, teríamos apenas medo. As crianças do filme tiveram medo, mas educaram o seu medo, transformando-o em coragem. Uniram-se para salvar o novo amigo porque tiveram curiosidade em conhecer sua história e se apaixonaram por ela. Talvez, se não fossem dóceis, teriam hostilizado aquele que parecia diferente. É assim no mito da caverna de Platão*, que vale a pena trazer para esta discussão:

Sócrates – *Figura-te agora o estado da natureza humana, em relação à ciência e à ignorância, sob a forma*

---

* PLATÃO. *A República*. Livro VII, 514a-517c. Bauru, SP: EDIPRO, 2001.

*alegórica que passo a fazer. Imagina os homens encerrados em morada subterrânea e cavernosa que dá entrada livre à luz em toda extensão. Aí, desde a infância, têm os homens o pescoço e as pernas presos de modo que permanecem imóveis e só veem os objetos que lhes estão diante. Presos pelas cadeias, não podem voltar o rosto. Atrás deles, a certa distância e altura, um fogo cuja luz os alumia; entre o fogo e os cativos imagina um caminho escarpado, ao longo do qual um pequeno muro parecido com os tabiques que os pelotiqueiros põem entre si e os espectadores para ocultar-lhes as molas dos bonecos maravilhosos que lhes exibem.*

Glauco – *Imagino tudo isso.*

Sócrates – *Supõe ainda homens que passam ao longo deste muro, com figuras e objetos que se elevam acima dele, figuras de homens e animais de toda a espécie, talhados em pedra ou madeira. Entre os que carregam tais objetos, uns se entretêm em conversa, outros guardam em silêncio.*

Glauco – *Singular quadro e não menos singulares cativos!*

Sócrates – *Pois são nossa imagem perfeita. Mas, dize-me: assim colocados, poderão ver de si mesmos e de seus companheiros algo mais que as sombras projetadas, à claridade do fogo, na parede que lhes fica fronteira?*

Glauco – *Não, uma vez que são forçados a ter imóvel a cabeça durante toda a vida.*

Sócrates – *E dos objetos que lhes ficam por detrás, poderão ver outra coisa que não as sombras?*

Glauco – *Não.*

Sócrates – *Ora, supondo-se que pudessem conversar, não te parece que, ao falar das sombras que veem, lhes dariam os nomes que elas representam?*

Glauco – *Sem dúvida.*

Sócrates – *E, se, no fundo da caverna, um eco lhes repetisse as palavras dos que passam, não julgariam certo que os sons fossem articulados pelas sombras dos objetos?*

Glauco – *Claro que sim.*

Sócrates – *Em suma, não creriam que houvesse nada de real e verdadeiro fora das figuras que desfilaram.*

Glauco – *Necessariamente.*

Sócrates – *Vejamos agora o que aconteceria, se se livrassem a um tempo das cadeias e do erro em que laboravam. Imaginemos um destes cativos desatado, obrigado a levantar-se de repente, a volver a cabeça, a andar, a olhar firmemente para a luz. Não poderia fazer tudo isso sem grande pena; a luz, sobre ser-lhe dolorosa, o deslumbraria, impedindo-lhe de discernir os objetos cuja sombra antes via. Que te parece agora que ele responderia a quem lhe dissesse que até então só havia visto fantasmas, porém que agora, mais perto da realidade e voltando para objetos mais reais, via com mais perfeição?*

*Supõe agora que, apontando-lhe alguém as figuras que lhe desfilavam ante os olhos, o obrigasse a dizer o que eram. Não te parece que, na sua grande confusão, se persuadiria de que o que antes via era mais real e verdadeiro que os objetos ora contemplados?*

Glauco – *Sem dúvida nenhuma.*

Sócrates – *Obrigado a fitar o fogo, não desviaria os olhos doloridos para as sombras que poderia ver sem dor? Não as consideraria realmente mais visíveis que os objetos ora mostrados?*

Glauco – *Certamente.*

Sócrates – *Se o tirassem depois dali, fazendo-o subir pelo caminho áspero e escarpado, para só o liberar quando estivesse lá fora, à plena luz do sol, não é de crer que daria gritos lamentosos e brados de cólera? Chegando à luz do dia, olhos deslumbrados pelo esplendor ambiente, ser-lhe-ia possível discernir os objetos que o comum dos homens têm por serem reais?*

Glauco – *A princípio nada veria.*

Sócrates – *Precisaria de algum tempo para se afazer à claridade da região superior. Em primeiro lugar, só discerniria bem as sombras, depois, as imagens dos homens e outros seres refletidos nas águas; finalmente, erguendo os olhos para a lua e as estrelas, contemplaria mais facilmente os astros da noite que o pleno resplendor do dia.*

Glauco – *Não há dúvida.*

Sócrates – *Mas, ao cabo de tudo, estaria, decerto, em estado de ver o próprio sol, primeiro refletido na água e nos outros objetos, depois visto em si mesmo e no seu próprio lugar, tal qual é.*

Glauco – *Fora de dúvida.*

Sócrates – *Refletindo depois sobre a natureza deste astro, compreenderia que é o que produz as estações e o ano, o que tudo governa no mundo visível e, de certo modo, a causa de tudo o que ele e seus companheiros viam na caverna.*

Glauco – *É claro que gradualmente chegaria a todas essas conclusões.*

Sócrates – *Recordando-se então de sua primeira morada, de seus companheiros de escravidão e da ideia que lá se tinha da sabedoria, não se daria os parabéns pela mudança sofrida, lamentando ao mesmo tempo a sorte dos que lá ficaram?*

Glauco – *Evidentemente.*

Sócrates – *Se na caverna houvesse elogios, honras e recompensas para quem melhor e mais prontamente distinguisse a sombra dos objetos, que se recordasse com mais precisão dos que precediam, seguiam ou marchavam juntos, sendo, por isso mesmo, o mais hábil em lhes predizer a aparição, cuidas que o homem de quem falamos tivesse inveja dos que no cativeiro eram os mais poderosos e honrados? Não preferiria mil vezes, como o herói de Homero, levar a vida de um pobre lavrador e sofrer tudo no mundo a voltar às primeiras ilusões e viver a vida que antes vivia?*

Glauco – *Não há dúvida de que suportaria toda a espécie de sofrimentos de preferência a viver da maneira antiga.*

Sócrates – *Atenção ainda para este ponto. Supõe que nosso homem volte ainda para a caverna e vá assentar-se em seu primitivo lugar. Nesta passagem súbita da pura luz à obscuridade, não lhe ficariam os olhos como submersos em trevas?*

Glauco – *Certamente.*

Sócrates – *Se, enquanto tivesse a vista confusa – porque bastante tempo se passaria antes que os olhos se afizessem de novo à obscuridade –, tivesse ele de dar opinião sobre as sombras e a este respeito entrasse em discussão com os companheiros ainda presos em cadeias, não é certo que os faria rir? Não lhe diriam que, por ter subido à região superior, cegara, que não valera a pena o esforço, e que assim, se alguém quisesse fazer com eles o mesmo e dar-lhes a liberdade, mereceria ser agarrado e morto?*

Glauco – *Por certo que o fariam.*

Sócrates – *Pois agora, meu caro Glauco, é só aplicarem com toda a exatidão esta imagem da caverna a tudo o que antes havíamos dito. O antro subterrâneo é o mundo visível. O fogo que o ilumina é a luz do sol. O cativo que sobe à re-*

*gião superior e a contempla é a alma que se eleva do mundo inteligível. Ou, antes, já que o queres saber, é este, pelo menos, o meu modo de pensar, que só Deus sabe se é verdadeiro. Quanto a mim, a coisa é como passo a dizer-te. Nos extremos limites do mundo inteligível está a ideia do bem, a qual só com muito esforço se pode conhecer, mas que, conhecida, se impõe à razão como causa universal de tudo o que é belo e bom, criadora da luz e do sol no mundo visível, autora da inteligência e da verdade no mundo invisível, e sobre a qual, por isso mesmo, cumpre ter os olhos fixos para agir com sabedoria nos negócios particulares e públicos.*

Glauco – *Sou inteiramente de tua opinião até onde posso alcançar teu pensamento.*

Sempre gostei de usar a *Alegoria da Caverna*, de Platão, com os meus alunos, até porque eles se sentem instigados a sair da caverna, o que não é fácil. A caverna é esse obscurantismo de quem se acha detentor da verdade e não tem coragem de ir além das sombras.

Platão escrevia em forma de diálogos. Sócrates e Glauco travam um diálogo imaginário sobre a caverna e o mundo. Quem está habituado ao mundo das cavernas dificilmente acreditará que existe outra coisa além daquilo que vê, e dificilmente será dócil a quem tente convencê-lo de uma verdade que vai além. De uma luz que mostra um mundo novo. Até porque quem está acostumado com a escuridão demora a se acostumar com a luz. É a escuridão que gera o preconceito. É a escuridão que impede que as pessoas se enxerguem de verdade. Pode-se dar outro nome para a escuridão: ignorância.

Cabe ao professor retirar o véu da ignorância e ajudar o seu aluno a fazer o mesmo. Ignorância é diferente de burrice. Ninguém é burro. Todos somos ignorantes. Ignoramos coisas, histórias, caminhos. Só não podemos permitir que a ignorância persista em questões essenciais à convivência. Os preconceitos demonstrados em relação a outras culturas e verdades, assim como a postura inadequada de quem se julga superior, são alguns exemplos de manifestação de ignorância.

Com delicadeza, o professor precisa ajudar o seu aluno a ter a coragem de sair da caverna. Por mais seguro que pareça ser estar na caverna. Sim, porque na caverna não há animais perigosos, não há tempestades, não há mudanças de temperatura, não há perigo. Não, mas na caverna também não há vida. Há apenas sombras de vida. É preciso com a inteligência, habilidade e perseverança que o Criador nos confiou, ir além.

# Capítulo III

## Professor-aluno: uma relação de vida

O ser humano se forma em meio a um fluxo inexorável de emoções. Cada encontro guarda um registro. Os primeiros registros vêm das famílias que acolhem o ser que se revela pela primeira vez ao mundo. Depois a escola. E na escola, os professores.

Os primeiros professores geralmente têm um preparo todo especial para tratar com as crianças que chegam com certa desconfiança diante do novo cenário. Choram por ter de deixar os pais. Assustam-se com um movimento qualquer que seja diferente do de casa.

Os professores alfabetizadores também têm uma formação direcionada para esse acolhimento. O aluno tem maior ou menor dificuldade para escrever, dependendo de outros fatores que não apenas o aspecto cognitivo. Há alguns que não enxergam bem, outros que não ouvem bem, outros ainda que não conseguem compreender porque trazem marcas profundas de violência doméstica ou simplesmente de abandono.

Os professores dos adolescentes têm de saber que eles estão em um processo constante de transformação, o que lhes altera o humor, o sono, a capacidade de concentração. Têm uma rebeldia natural que, se bem trabalhada, pode se transformar em criatividade impressionante.

Os professores, às vezes, pensam que o jovem não precisa do mesmo carinho e da mesma atenção dispensados à criança no processo educativo. Há muitos que na faculdade, por exemplo, decidem não se comprometer, porque os encontros são tão poucos que não compensa saber mais de cada aluno. Esses professores estão ali apenas como instrutores dispostos a transmitir informações de que dispõem sobre a disciplina que lecionam, sem se preocupar em criar um vínculo mais proveitoso com seus alunos.

Na verdade, os professores marcam toda uma vida, positiva ou negativamente.

A escritora Lygia Fagundes Telles fala sobre isso em seu conto *Papoulas em Feltro Negro*[*]:

---

[*] TELLES, Lygia F. *A noite escura e mais eu*. Rio de Janeiro: Editora Rocco, 1998.
© by Lygia Fagundes Telles

— *Aqui é a Natividade, você ainda se lembra de mim?* — ela perguntou.

— *Fomos colegas de escola, a magrela de cachos!*

*Afastei um pouco o fone do ouvido, Natividade falava alto e a voz era metálica, se me lembrava? Revi a menininha comprida, de cachos úmidos enrolados em vela. No cheiro da memória, uma vaga aragem de urina, ela urinava na cama.*

— *Eu era a sessenta e sete, e você a sessenta e oito. A gente vivia levantando a mão para ir à casinha* — *eu disse, e Natividade começou a rir o antigo riso de anãozinho de floresta.*

— *Hi, hi, hi!... E tinha outro jeito de fugir da aula?*

*Não tinha, não. A fuga era para a latrina que a gente chamava de casinha, um cubículo com chão de cimento, os quadrados de papel de jornal enfiados num arame preso a um prego e o vaso com o assento de madeira rachado. Ao lado, pendendo da caixa da descarga, a corrente que ninguém puxava. O cheiro era tão forte que eu prendia a respiração até o limite da tosse, tossia tanto que ficava sem ar e então abria a porta e saía espavorida.*

— *Inventamos uma homenagem à dona Elzira, lembra dela?* — *perguntou Natividade.*

*A nossa professora de aritmética, está tão doente, vai morrer logo! Daí essa ideia de reunir as meninas num chá na Confeitaria Vienense, que vai fechar, saiu de moda. Mas lá tem piano, tem violino, já pensou? Fica mais alegre.*

*Apanhei o cigarro que tombou no tapete, tomei um gole de conhaque e voltei ao telefone pedindo desculpas, tive que fechar a janela.* — *A dona Elzira?*

— *Lembro muito bem. Ela me detestava.*

*Natividade deu uma risadinha e de repente ficou muito séria. Mas não era possível, ela falara em mim com tanta simpatia, será que eu não estava fazendo confusão com aquela outra professora de geografia?*

— *Dona Elzira é inesquecível* — *eu disse e tapei o bocal do telefone enquanto tossia. Foi há tanto tempo e com que nitidez me lembrava dela.*

— *Então está doente? Me parecia eterna.*

*Nem gorda, nem magra. Nem alta nem baixa, a trança escura dando uma volta no alto da cabeça com a altivez de uma coroa. A voz forte, áspera. A cara limpa, sem vaidade. Saia preta e blusa branca com babadinhos. Meias grossas cor de carne, sapatões fechados, de amarrar. Impressionantes eram aqueles olhos que podiam diminuir e de repente aumentar, nunca eu tinha visto olhos iguais. Na sala atochada de meninas que eram chamadas pelo número de inscrição, era a mim que ela procurava. A sessenta e sete não veio hoje? Estou aqui, eu gemia nesse fundo de sala com a frouxa fieira das atrasadas, das repetentes, enfim, a escória. Vamos, pega o giz e resolva aí esse problema. O giz eu pegava, o toco de giz que ficava rodando entre os dedos suados, o olhar perdido nos números do quadro-negro da minha negra humilhação. Certa manhã a classe inteira torceu de rir diante da dementada avalanche dos meus cálculos, mas dona Elzira continuou impassível, acompanhando com o olho diminuído o meu miserável raciocínio.*

*— A pobrezinha mora no inferno velho lá onde Judas perdeu as botas, as botas e as meias! — disse Natividade. — Mas essa nossa pianista eu encontrei fácil.*

*— Não toco mais, só leciono.*

*Natividade ficou pensando. Quando desatou a falar, lembrou que já tinha escutado um disco onde eu tocava um clássico, mas apareceu um gato e tchum! arranhou o disco. Se a agulha caía nessa valeta, acrescentou e riu. Hi, hi! A pergunta veio inesperada, por acaso eu sofria de asma? É que a irmã caçula tinha uma tosse igual.*

*Minha cara se fechou, mas como ela me ouviu tossir? Pois ouviu.*

*— Tive bronquite quando criança — eu disse e de repente descobri uma coisa curiosa, a simples lembrança infantil me fazia tossir novamente. A tosse da memória. — Mas sarei, esta tosse agora é nervosa, coisa de velhice.*

*— Mas quem está velha? — protestou Natividade. — Você deve andar pelos cinquenta e poucos, acho que regulamos de idade. Ou não? Somos jovens, meu anjo!*

*Animada com essa ideia, ela começou um monólogo sobre seus dois casamentos, no primeiro foi felicíssima, um esplendor de marido que morreu jovem, a sorte é que ficaram quatro filhos. Mas na segunda vez, meu Deus! que desastre. Começou a entrar nos detalhes do casamento que chamou de burrada, mas sua voz e seus cachos foram ficando distantes. Próxima estava eu mesma com o uniforme cor de café com leite, escondendo entre os cadernos da escola um rolo de gaze e uma echarpe de seda que minha mãe jogou no lixo e eu recolhi. A ideia me veio em meio de uma aula e foi amadurecendo, alguém já tivera uma ideia igual? Um quarteirão antes de chegar à escola, enrolava a gaze para atadura no pulso direito e depois enfiava o braço na tipoia da echarpe. Antes, olhava em redor, nenhuma testemunha? Carregava a mala na mão esquerda e fazia aquela cara dolorida. Torci o braço num tombo de patins, não posso nem pegar no lápis. Nem no lápis nem no giz. Até chegar a tarde em que arranquei a tipoia e entrei num jogo de bola. Em meio da paixão da partida, o pressentimento, dona Elzira estava me vendo de alguma das janelas do casarão pardacento. Levantei a cabeça. O sol incendiava os vidros e ainda assim adivinhei em meio do fogaréu da vidraça a sombra cravada em mim.*

*Agora Natividade falava dos netos. Passei o fone para o outro ouvido, mudei de posição na cadeira e consegui interrompê-la.*

*— Não, francamente, não tenho nada a ver com esse chá, dona Elzira me detestava.*

*— Meu Deus! mas como você pode ser assim dura, a pobrezinha está com aquela doença na fase final, tem os dias contados, um pé continua aqui e o outro já está no Vale da Morte, não é impressionante? Meu pai, que era crente, dizia uma coisa que nunca esqueci, quando alguém passa de um certo ponto da doença, começa a fazer parte desse outro lado como se já tivesse morrido. O que é uma vantagem, agora ela*

*está mais fortalecida porque vê o que não via antes nas pessoas, nas coisas.*
  *Esfreguei a sola do sapato na marca que o cigarro deixou no tapete. Até na hora da morte essa dona Elzira se amarrava no poder, ficou uma viva-morta invadindo os outros, todos transparentes, meu Deus! era a minha vez de dizer. Tranquilizei Natividade, podia enrolar os cachos, eu iria ao chá. Ela desatou a rir, cortara o cabelo quando mocinha.*
  *— Dê então um lustre nessas ondas. E que o tal violinista toque* A Valsa dos Patinadores.
  *Quando me estendi no sofá, gemi de puro cansaço, fora o mais arrastado dos telefonemas, uma carga. Tive vontade de cantar com a voz da infância a cantiga de roda do recreio,* "No alto daquele morro passa o boi, passa a boiada e também passa a moreninha da cabeça encacheada". *A encacheada era Natividade remexendo com uma varinha o fundo lodoso da memória. Mas não sabia que essa lembrança era para mim sofrimento? As quatro operações. As quatro estações. Eu quis tanto ser a Primavera com aquele corpete de papel crepom verde e saiote desabrochado em pétalas, cheguei a ensaiar os primeiros passos no bailado das flores, dona Elzira foi espiar o ensaio. No dia seguinte fui avisada, outra menina ia entrar no meu lugar.*
  *Na Festa das Aves me entusiasmei de novo, a dona Elzira me pediu para decorar a poesia do pássaro cativo, vou recitar! E quem contou a história dos passarinhos nas grades foi a Bernadete. Nas vésperas da Festa da Árvore ela quis saber se*

*eu tinha decorado alguma coisa que falasse no verde. Vibrei, sabia de cor a poesia do pinheirinho de Natal, podia começar? Juntei os pés, entrelacei no peito as mãos suadas para não ficar com elas abanando no ar e contei a história do pequeno pinheiro que brilhou tanto naquela noite de festa e depois... Ela tomava sua xícara de café. Ouviu, fez um gesto de aprovação e chegou a sorrir, estava satisfeita. No dia da festa, fui com minha mãe e sentamos na primeira fileira porque assim ficaria mais fácil quando eu fosse chamada ao palco. Depois que a Bernadete recitou a poesia das velhas árvores, quando todos se levantaram e a cortininha se fechou, minha mãe me puxou pela mão. Vamos. Na rua, continuou em silêncio e eu também muda, piscando com fúria para segurar as lágrimas que já corriam livremente. Em casa ela me segurou pelos ombros. Mas dona Elzira disse que você ia recitar? Ela disse isso? Vamos, filha, responda! Desabei no chão, quis falar e minha boca se travou, estava certa do convite, mas com minha mãe perguntando eu já não sabia responder.*

*— Atenção, meninas! — assim ela abria a aula. A gente então parava de conversar e se voltava para vê-la com sua trança e a soberba do alto do estrado. — Atenção!*

*Eu estava atenta quando entrei na antiga confeitaria com espelhos, toalhas de linho e violinista de cabelos grisalhos,* smoking, *a se torcer todo envelopado no compasso rodopiante da valsa. Parei atrás de uma coluna e fiquei espiando, lá estava a mesa com um exuberante arranjo de flores. E dona Elzira na cabeceira. Estava de escuro, a cara meio escondida sob o enorme chapéu preto, mas o que aconteceu? Tinha diminuído tanto assim? Não era uma mulher grande? Deixei-a, queria ver antes as meninas no auge da excitação, juvenis nos seus melhores vestidos. Reconheci Natividade, que ficou loura e gorda, os cabelos curtos formando uma auréola em redor da cara redonda. Reconheci Bernadete, a das poesias. Continuava ossuda e ruiva, mais frequente o tique-nervoso que lhe repuxava a face fazendo tremer um pouco a pálpebra direita. Ou a esquerda? Ainda assim me parecia melhor agora, madura e contente com suas pulseiras e casaco brilhoso. Não reconheci as outras duas matronas e nem me interessei em saber, era a vez de dona Elzira. Que estivesse velha, isso eu esperava, mas assim tão diminuída? Encolheu demais ou eu a imaginava bem maior lá na sala de aula? E o chapéu, mas que chapéu era aquele? A copa de feltro negro até que era pequena, grande era a aba com um ramo de papoulas de seda postas de lado, umas papoulas desmaiadas, as pontas das hastes tombando para fora. Guardei os óculos na bolsa e fui indo em direção à mesa, minha movimentação diante dela ainda era em câmara lenta, a fuga começava quando ficava fora do seu alcance.*

*– Perdão pelo atraso, mas o trânsito – comecei. E de repente me vi repartida em duas, eu e a menina antiga com ar de sonâmbula, estendendo a mão para pegar o giz.*

*Quando me viu, endireitou os ombros e a cara foi se abrindo numa expressão de surpresa. Ahn, você veio! Natividade levantou-se radiante e indicou-me a cadeira ao lado da ho-*

*menageada. A nossa pianista! Respondi logo às primeiras perguntas, não estava mais tocando, não tinha marido e não tinha filhos, mas de vez em quando até que passava o meu batom, gracejei. Ninguém ouviu, todas falavam ao mesmo tempo numa aguda vontade de afirmação. Vejam como estamos realizadas e felizes! Riam, trocavam confidências na maior intimidade, mas ficavam cerimoniosas quando se dirigiam à dona Elzira, tão próxima e tão distante com o seu empoeirado chapéu. Esse chapéu devia ter vindo de uma caixa que se abria em dias de casamento, foi madrinha de um deles e desde então ficou sendo o chapéu das festas com a aba ondulada de tão larga, o ramo frouxo de papoulas quase escorregando para o chão. Inclinou-se e tocou na minha mão. Senti seu perfume de violetas.*

*– Minha aluna predileta.*

*Encarei-a. Seus olhos pareciam agora mais claros sob uma certa névoa esbranquiçada, mas poderia ser simples efeito de luz.*

*– Aluna predileta, dona Elzira? Mas a senhora nunca me aceitou – provoquei num tom divertido.*

*Ela tomou um gole de chá. Mordiscou um biscoito. Deixou-o na borda do prato e acompanhou com interesse o garçom que me servia uísque. Esperou que eu bebesse e então pousou a mão no meu pulso. Senti uma frialdade diferente nessa pele. Aproximou-me para ouvi-la e de mistura com o perfume me veio dela um outro cheiro obscuro e mais profundo. Recuei. Seus dentes pareciam ocos como cascas de amêndoas velhas sob o esmalte com manchas esverdeadas. Levou a mão vacilante até os escassos cabelos brancos cortados na altura da orelha. Teve um ligeiro movimento de faceirice para ajeitá-los melhor sob a aba do chapéu. Tocou com as pontas dos dedos na minha blusa e como se fosse fazer um comentário sobre o tecido, começou a falar, o fato é que eu era uma menina muito complicada. Muito difícil.*

*– Difícil?*

*Ela moveu lentamente a cabeça. O chapéu teve um meneio de barco. Dificílima, minha filha. Tomou fôlego e prosseguiu em voz baixa, eu não podia imaginar o quanto se preocupara comigo, pensou até em falar com minha mãe, será que eu não tinha sérios problemas em casa? Sem esperar pela resposta, acrescentou rapidamente que o mais estranho em tudo isso é que eu passava de repente da maior apatia para a agressão, chegava a ficar violenta quando apanhada em flagrante.*

*Fiquei muda. Seus olhos que tinham aquele fulgor do aço me pareciam agora os olhos de um cego.*

*– Flagrante? Flagrante do quê, dona Elzira?*

*– Da mentira, filha – sussurrou e aceitou a fatia de bolo que o garçom deixou no seu prato. Com a ponta do garfo ficou divagando pensativa pela fatia que não provou. – Você mentia demais, filha. Mentia até sem motivo, o que era mais grave. E se crescer assim? eu me perguntava e sofria com isso, tinha receio de algum desvio de caráter no futuro. Sei como as crianças gostam de inventar, fantasiar, mas no seu caso havia alguma coisa mais que me preocupava... – Fez uma pausa. E baixou até o prato o olhar sem esperança. – Sabe o que eu*

*queria? Queria apenas que você fosse sincera, simples, queria tanto que fosse verdadeira.*

— Prova! — *ordenou Natividade deixando em minha mão um pãozinho de queijo. Apontou excitadamente para os músicos.* — Está ouvindo? A Valsa dos Patinadores *que encomendou.*

*Agradeci muito, devolvi disfarçadamente o pãozinho à cesta e voltei-me depressa para dona Elzira, o encontro estava chegando ao fim, e eu não podia perder tempo, ela estava se distanciando, me escapava. Mas que me devolvesse antes essa imagem que guardara de mim mesma e eu desconhecia. Ou não?*

— *Mas dona Elzira, ninguém é assim nítido, a senhora sabe. Eu era meio tonta e tão medrosa, como eu tinha medo!*

— *Tonta, não, filha, você não era tonta. Medrosa, sim, eu via o seu medo e era por causa desse medo que dissimulava. E eu querendo tanto que fosse corajosa, que parasse de fingir antes que fosse adulta, todo fingimento é infame.*

*Alguém deixou no seu prato um doce com cobertura de chocolate e que ela espetava com a ponta do garfo, abrindo furos pelos quais um creme licoroso começou a escorrer. Limpou com o guardanapo os cantos limpos da boca.*

— *Mas por que ficar lembrando essas coisas? Você cresceu tão bem, filha. Meu avô historiador costumava dizer que o que passou já virou História, não há mais nada a fazer, nada. É virar a página. Hoje você é uma pianista importante...*

— *Professora de piano.*

*Ela quis dizer qualquer coisa. Sorriu. Pedi licença para fumar.*

— *Claro, filha, fume o quanto quiser, nesta altura pode haver alguma fumaça que me prejudique?*

*Voltou-se para Natividade, que lhe mostrava o retratinho da neta. Esvaziei o meu copo de uísque. E de novo a tosse antiga ameaçando explodir. Fiz um esforço e apertei-lhe delicadamente o braço.*

— *Um momento, dona Elzira, é que ainda não terminei, queria apenas lembrar uma coisa, a senhora me rejeitou demais, lembra? Cheguei a pensar em perseguição, o que eu mais queria no mundo era fazer parte daquelas festinhas na escola, eu não sabia fazer contas, não sabia desenhar, mas sabia tão bem todas aquelas poesias das* Páginas Floridas, *decorei tudo, quis tanto subir ao menos uma vez naquele palco! A senhora que me conhecia tão bem sabia dessa minha vontade de vestir aquelas fantasias de papel crepom, o que custava? Por que me recusou isso?*

— *Mas você gaguejava demais, filha. E não se dava conta da gagueira, insistia. Eu queria protegê-la de alguma caçoada, de algum vexame, você sabe como as crianças podem ser cruéis.*

— *Minha neta, não é linda?* — *perguntou Natividade e me deixou na mão o retratinho.*

— *Linda.*

*E não via o retrato, via a mim mesma dissimulada e astuta, infernizando a vida da professora de trança. Então eu gaguejava tanto assim? Invertiam-se os papéis, o executado virava o executor — era isso? Dobrei o cheque dentro do guardanapo e fiz um sinal para Natividade, a minha parte. Despedi-me, tinha um compromisso. Dona Elzira voltou-se e me encarou com uma expressão que não consegui decifrar, o que quis me dizer? Quando tentei beijá-la, esbarrei na vasta aba do chapéu. Beijei-lhe a mão e saí apressadamente. Parei atrás da mesma coluna e fiquei olhando como fiz ao chegar. Tirei da bolsa os óculos de varar distâncias, precisava pegá-la desprevenida. Mas ela baixou a cabeça e só ficou visível o chapéu com as papoulas.*

A história é comovente e traz uma verdade que acompanha toda a vida de quem ensina e de quem aprende. As marcas ficam. E o ser humano é tão complexo que não consegue controlar as consequências das palavras e dos gestos.

Não poucas vezes as marcas surgem de feridas abertas que os alunos tinham naquele momento em que, sem perceber, o professor penetrou. Talvez a intenção tivesse sido a melhor, mas faltou certa delicadeza e a compreensão do que fazia com que o aluno agisse de uma maneira ou de outra. Os anos passam, mas as lembranças ficam.

Lembro-me de uma professora, em minha educação infantil, que ficou muito brava comigo porque eu não sabia quem tinha sumido com alguma coisa que, agora, já não me recordo o que fosse. Ela levantou-me com os braços, arregalou os olhos e me disse coisas horríveis. E eu não sabia direito o que tinha acontecido. Pedi para mudar de escola. Tinha medo de dizer em casa que fora maltratado. Chorei sozinho. E isso faz tempo, e eu nunca esqueci. Nem das palavras rudes afirmando que, como eu estava protegendo alguém, eu não seria ninguém na vida. Ela gritava: – Você nunca vai ser ninguém!

Conversamos anos depois. Ela se lembrou da injustiça. Pediu-me desculpas. Naturalmente, eu já a havia perdoado. Mas aquela expressão permaneceu dentro de mim. Os olhos ameaçadores. Eu com a franja tentando me esconder do perigo. E ela me olhando, como que querendo roubar alguma coisa que havia dentro de mim e que eu me recusava a partilhar. Eu tentava desviar o olhar. A franja ajudava, mas ela era grande e forte. É interessante, como no conto da Lygia, ela não era tão grande assim. Quando nos encontramos anos depois, em um lançamento de livro, eu a reconheci tão pequena, quase me assustei. Será que ela havia diminuído? Tratei-a com muito carinho, e ela me disse do orgulho que tinha em ver seu antigo aluno fazendo sucesso. Agradeci. E ela continuou pedindo desculpas, porque sabia que tinha sido muito brava não apenas comigo, mas com tantos outros alunos. "Eu era desequilibrada", insistia ela. E eu apenas ouvia, lembrando-me da cena de horror. Dei-lhe um abraço apertado e mostrei que a injustiça do passado não tinha sido capaz de me destruir.

Talvez outros de seus alunos tivessem desistido de verdade. Alguns eu encontrei depois. Uma aluna me disse que, toda vez que ia falar em público, lembrava-se dos gritos da professora que determinava que ela não gaguejasse, mas, a cada grito, ela gaguejava mais. "Até hoje eu não consigo relaxar quando falo, será um trauma?" – perguntava minha antiga colega.

Os traumas nascem assim. Alguns vão embora. Outros ficam incomodando. Histórias todos os professores têm. Amargas ou doces. Povoam o nosso sentimento e vão dando o traçado da personalidade que temos hoje. Nossa timidez, nossa dificuldade em dizer alguma coisa em público, nossa falta de criatividade podem estar ligadas a uma escola que não se preocupou com esses detalhes. Não estou dizendo que os professores sejam cruéis e que criem traumas horrendos em seus alunos. Machucam sem perceber que deixam dor. Caminham, talvez, distraídos, e não são capazes de perceber os sonhos de tantos pequenos que terão de crescer.

É preciso estar atento para que as lembranças sejam mais libertadoras e menos dolorosas. Mesmo quando a intenção é boa. Vejamos o exemplo do restaurador. Há obras que são mais frágeis. Embora a intenção seja a de restaurar, se o artista puser a mesma força em obras distintas, poderá acertar em alguma e errar grotescamente em outras. Cada obra tem a sua peculiaridade, cada obra tem a sua resistência. É preciso conhecê-las bem antes de iniciar o processo necessário da construção ou da restauração.

Assim como nos menciona a poesia de Paulo Bomfim, o príncipe dos poetas:

*Ninguém tem culpa*
*Daquilo que não fomos!*
*Não houve erros*
*Nem cálculos falhados*
*Sobre a estepe de papel.*
*Apenas*
*Não somos os calculistas,*
*Porém os calculados,*
*Não somos os desenhistas,*
*Mas os desenhados,*
*E muito menos escrevemos versos*
*E sim somos escritos.*
*Ninguém é culpado de nada*
*Neste estranhar constante.*

*Ao longe, uma chuva fina*
*Molha aquilo que não somos.*

## Capítulo IV
### Educar acreditando no outro

Desde os gregos, discute-se muito a existência da verdade. Sócrates e os sofistas navegaram em mares distintos. Sócrates tinha o compromisso com a verdade; os sofistas, não. Sócrates acreditava que todo mundo tinha condições de desenvolver o conhecimento. Os sofistas, em nome de uma tentativa de pacificar os esforços, achavam que não se deveria buscar algo tão doloroso como o parto do conhecimento. Os que conhecem passam o seu conhecimento para os outros na medida de sua necessidade. Sócrates discordava. A aventura do conhecer é individual. Os parteiros apenas auxiliam a nova criança a nascer.

Se a verdade, por um lado, tem a beleza proposta por Sócrates, por outro, corre o risco de ser abraçada de forma absolutamente radical e ignorante. Os que se assumem como donos da verdade estão muito distantes dela. A verdade é como um sol que ilumina e aquece. Não tem dono. É de todos e não é de ninguém.

Verdades absolutas transformam-se em dogmas, o que em educação é um perigo. Verdades absolutas são paradigmas que impedem o professor de conseguir enxergar de outra forma.

O filme *Janela da Alma*, de João Jardim e Walter Carvalho, reúne depoimentos incríveis sobre o olhar dos olhos e o olhar do coração. José Saramago, Hermeto Paschoal, Oliver Sacks, Wim Wenders, entre outros, prestam depoimentos sobre o olhar.

Saramago começa afirmando que a visão humana é muito inferior a de animais como o falcão, que tem um poder maior de identificar os detalhes de sua presa. Diz que, se o Romeu da história tivesse olhos de falcão, talvez não se apaixonasse por Julieta. Talvez ficasse tão incomodado com os detalhes de sua pele que não conseguiria enxergar nada além de seus defeitos.

Algumas frases do filme elucidam essa temática.

Eugen Bavcar, fotógrafo e filósofo, diz:

*Mas vocês não são videntes clássicos, vocês são cegos, porque, atualmente, vivemos em um mundo que perdeu a visão.*

*A televisão nos propõe imagens prontas, e não sabemos mais vê-las, não vemos mais nada porque perdemos o olhar interior, perdemos o distanciamento.*

*Em outras palavras, vivemos em uma espécie de cegueira generalizada. Eu também tenho uma pequena televisão e assisto a ela sem enxergar. Mas há tantos clichês que não é preciso que eu veja, fisicamente, para entender o que está sendo mostrado.*

Os clichês nos envolvem de tal forma que não percebemos o quanto somos injustos quando exigimos do outro o mesmo padrão de beleza que a televisão, por exemplo, construiu. O homem não quer a sua mulher do jeito que ela é, mas quer submetê-la a sacrifícios enormes para que fique tão bela quanto a que ele vê na tela de uma televisão. E se não conseguir, talvez se julgue no direito de ter outra mulher para satisfazer o desejo provocado por aquilo que ele vê.

Um cego que, por ser capaz de fotografar, consegue reproduzir imagens sem enxergá-las. Eugen Bavcar nos transmite outras lições de vida:

*Lembro-me da época em que era mais jovem e perguntava aos rapazes 'está vendo alguma moça bonita?' Cheguei a me apaixonar por moças que agradavam a meus amigos, não a mim. Atualmente, prefiro olhar ao vivo. Isso é muito importante. Não devemos falar a língua dos outros nem utilizar o olhar dos outros, porque nesse caso existimos através do outro. É preciso tentar existir por si mesmo.*

O que não é fácil. Vivemos em uma sociedade que nos conduz e que determina padrões do que é certo ou errado, sem que tenhamos condições de refletir. Simplesmente aceitamos e, em nome de uma aparente ética, expurgamos aqueles que são diferentes.

Antonio Cícero fala, no mesmo filme, da alegria de colocar os óculos e perceber a diferença da copa das árvores, os seus detalhes. É bonito perceber que não se trata de uma coisa só. Sem os óculos, esses detalhes não eram possíveis de serem identificados.

Marieta Severo também presta seu depoimento, afirmando não conseguir atuar em cena sem as lentes de contato. Quando não vê, se desconcentra, não ouve direito, perde um pouco os sentidos da interpretação cênica. É uma sensação horrível, diz a artista, cada vez que uma lente cai.

Oliver Sacks, neurologista e escritor, acrescenta:

*O ato de ver e de olhar... não se limita a olhar para fora, não se limita a olhar o visível, mas, também, o invisível. De certa forma, é o que chamamos de imaginação.*

Wim Wenders, cineasta, afirma:

*O que mais me agradava nos livros era o fato de que aquilo que eles nos davam não se achava apenas dentro deles, mas o que nós, crianças, adicionávamos a eles é que fazia a história acontecer. Quando crianças, podíamos realmente ler entre as linhas e acrescentar-lhes toda a nossa imaginação. Nossa imaginação realmente contemplava as palavras.*

*Quando comecei a assistir aos filmes, era assim que eu os via. Queria ler entre as linhas, e, na época, isso era possível.*

E o poeta Manoel de Barros, com sua simplicidade fascinante:

*Eu sou muito dominado pelo primitivo. Eu acho que o primitivo é que manda na minha alma. Mais do que os olhos.*

*O olho vê, a lembrança revê as coisas, e é a imaginação que transvê, que transfigura o mundo, que faz outro mundo para o poeta e para o artista de um modo geral. A transfiguração é a coisa mais importante para um artista.*

De novo, Oliver Sacks:

*Não é como se os olhos... se dizemos que os olhos são a janela da alma sugerimos, de certa forma, que os olhos são passivos e que as coisas apenas entram. Mas a alma e a imaginação também saem. O que vemos é constantemente modificado por nosso conhecimento, nossos anseios, nossos desejos, nossas emoções, pela cultura, pelas teorias científicas mais recentes.*

O filme traz ainda a história de um menino de Belo Horizonte, que ficou cego aos 17 ou 18 anos. Os pais cuidaram dele como dos outros tantos irmãos. Não houve uma atenção especial, o que foi bom. Ele não se sentia diferente, sentia-se amado, apenas.

Depois de adulto, teve a felicidade de ouvir o depoimento da filha, que, com muito orgulho, falava do pai. Queria levá-lo à escola para mostrar aos amigos que o pai era cego, e que era maravilhoso. A cegueira física não lhe roubou a alegria de viver, ao contrário, desenvolveu nele outras qualidades. Quanto aos sonhos de muitas noites, esses têm imagem.

Hermeto Paschoal fala de uma visão interior que é mais bonita, e que qualquer um pode ter. A visão interior não pode ser atrapalhada pela visão dos olhos. É preciso desenvolver o que está dentro, a visão certa do que a gente quer fazer na vida.

Em um restaurante em Lisboa, sozinho, José Saramago se perguntou: e se todos fôssemos cegos?

E concluiu que, de fato, somos cegos de razão, de sensibilidade. Cegos por sermos seres agressivos, violentos.

Hoje é que estamos vivendo dentro da caverna de Platão, diz Saramago. Nesse mundo audiovisual, estamos olhando para a frente, vendo sombras e acreditando que essa é a realidade. Foi necessário que todos esses séculos passassem para que a gente visse a realidade da caverna. É por isso que o escritor gasta boa parte do dia no jardim olhando as plantas e acompanhando o crescimento de cada uma delas. E se preocupa se há alguma praga, se os frutos estão maduros. É como um ritual, diz ele, como a sua vida vai se aproximando do fim, é bom poder acompanhar o que está nascendo.

Paulo Freire insistia em salientar que o educador deveria educar para o essencial. Ter olhos de ver é essencial. É isso que motiva o aluno a continuar aprendendo. É enxergar a possibilidade. É sair do convencional. É ter criatividade e perseverança para ousar. A mesmice é um antídoto contra o poder que tem essa geração de fazer a diferença, contra a capacidade inovadora que reside potencialmente em cada jovem. O comodismo encerra, enclausura uma força nova. É preciso acreditar no aluno. Acreditar que ele terá condições de surpreender a si mesmo, em primeiro lugar, e ao mundo.

Há professores que desestimulam seus alunos a saírem da caverna. Ao contrário, com aparente complacência, afirmam que o melhor é ficarem onde estão. Frases tristes como:

— Fazer medicina, meu querido, você? Como é que você vai pagar a faculdade? Você é pobre. Precisa fazer faculdade de pobre. Medicina é curso muito caro.

Ou ainda:

— Você não tem talento para isso. É uma questão de talento. Se insistir, vai acabar sofrendo muito. Escolha uma coisa mais simples, mais parecida com você mesmo.

— Faculdade pública? Tá maluco. Com tanta gente que fez cursinho, que estudou em escola boa. Não perca tempo, não.

E assim continuam. Frases ditas sem justificativa, nem finalidade. Frases ditas sem reflexão. É preciso acreditar no aluno. Acreditar no seu sonho ou, ao menos, não abortá-lo.

Na minha história, não foram poucos os que me tentaram roubar o sonho de escrever. Diziam não por mal, mas por excesso de cuidado, que escrever não leva a nada. Estavam certos quando afirmavam que seria muito difícil conseguir quem publicasse um livro meu. Que eu era muito jovem. Que escrever não dava dinheiro. Que, a cada livro, enfrentaria uma enorme dificuldade. Não erraram. Foi difícil mesmo. O início foi penoso. Horas em uma editora aguardando alguém que me recebesse. Era uma constante via-sacra. Mas que importa? A vida é um desafio. Depois vieram aqueles que quiseram roubar de mim o sonho de fazer filosofia e ser professor.

– Filosofia? Tá maluco? Vai viver do quê?

Prossegui. Foi difícil. Seguramente, foi difícil. Mas tem valido a pena. Que história é essa de decidir pelo outro? Cada um tem de trilhar o seu próprio caminho e, aos mestres, fica a esperança de que acreditam em seus alunos. Orientar não significa destruir sonhos. Deixe o aluno ir percebendo seus acertos e erros. Apenas segure em suas mãos quando ele vacilar e oriente-o quando o perigo estiver muito próximo.

Educar é acreditar no outro. Quem não acredita na possibilidade de transformação do ser humano, em sua capacidade de superação, não pode ser educador.

O educador precisa ver o que une os alunos, perceber o discurso que é quase universal. Enxergar além da indisciplina ou da apatia. Ir além. Ser capaz de não desanimar quando o jardim não estiver florido. Ser capaz de enxergar sementes por debaixo da terra.

Tive experiências ricas na Febem. Vi jovens com posturas terríveis se transformarem. Certa vez, em uma das unidades de internação de menores, eu fui conversar com alguns jovens. Cumprimentei um a um, estendendo a mão. Um deles cruzou os braços e me olhou com raiva. Disse-

-lhes que estava ali para explicar um programa que daria trabalho e estudo para quando saíssem. O mesmo que cruzou os braços afirmou que mataria uns dez se o deixassem sair. Fingi que não era comigo e continuei a conversa. O programa, aliás, teve muito sucesso. Mais de 2 mil adolescentes tiveram emprego garantido, o que os ajudou muito no processo de reintegração à sociedade.

Esse mesmo jovem acompanhava tudo a distância. Os programas de teatro, música, dança, olhava tudo, mas não participava de nada. Ele, aos poucos, foi ficando mais perto de mim e, um dia, com os olhos lacrimejando, pediu que eu arrumasse alguma coisa para ele. Queria que sua mãe tivesse orgulho dele. Pediu-me um emprego. Arrumei. Começou a fazer faculdade. Encontrei-o, anos mais tarde, casado com uma professora, pai de dois filhos. Rosto suave. Disse que ia começar a fazer um trabalho voluntário na Febem. Queria explicar àqueles jovens que o amor é capaz de transformar a vida das pessoas. E a professora, sua mulher, riu, dizendo que a vida dela também tinha sido transformada.

Se eu ficasse com a primeira impressão daquele jovem, talvez tivesse me recusado a ajudá-lo, com medo de que ele fizesse o prometido no primeiro encontro.

As pessoas dizem muitas coisas que não correspondem à verdade. Na tentativa de serem aceitos, jovens agridem para mostrar que existem, para fazer com que alguém se preocupe com eles. É o seu jeito de dizer que querem amor. Vivenciei muitas histórias parecidas, de outros jovens da Febem, cujas transformações pude presenciar. Inclusive no aspecto físico. Uma pessoa mais amada se torna mais bonita. A unidade de internação das meninas tinha suas especificidades. Conseguimos inaugurar uma pequena maternidade no local. As mães podiam ficar ali com os seus filhos, cuidar deles. Conseguimos uma parceria com uma médica dermatologista maravilhosa, Dra. Denise Steiner, que fez um projeto voluntário, ensinando-as a serem mais bonitas. E como isso deu certo!

Insisto na ideia inicial: professor tem que acreditar no aluno. E ver além. Além da aparência primeira. Além da fragilidade que se transformou em atitude inadequada de enfrentamento ou apatia.

Há outros exemplos cotidianos em salas de aula. Há alunos que, sem perceber, decidiram que não sabem e que nunca vão aprender. Internamente, estão convencidos disso. E o professor, com delicadeza, pode convencê-los do contrário. Sem exageros. Sem conselhos, nem sermões. Com uma pedagogia acolhedora.

O primeiro passo não é descobrir o que o aluno não sabe, mas o que ele sabe. Cada um tem uma história de vida que vale a pena ser conhecida. O aluno que não sabe escrever talvez saiba contar histórias que viveu ou que presenciou, talvez tenha ricas experiências com outras pessoas que podem ser partilhadas, talvez fique fascinado com uma câmara nas mãos e o desafio de fotografar paisagens ou pessoas.

Esse aluno pode, depois de perceber o talento da fotografia, aprender a escrever bem, nem que seja para fazer a legenda da fotografia. Seu processo de escrita virá com maior facilidade, porque ele se descobriu fotógrafo de gente ou de cenários. A sensibilidade do fotógrafo não é tão diferente da do escritor. Mas, às vezes, uma arte encaminha à outra. Foi preciso, entretanto, que primeiro alguém lhe colocasse uma câmara nas mãos, e seus textos ganharam sentido. Isso é muito mais eficiente do que obrigar um aluno que escreve a escrever.

Alunos tímidos, que têm medo de falar, não perderão a timidez com a braveza do professor. É com jeito. Uma conversa aqui. Um trabalho em dupla. Espaço para que ele diga pouca coisa, mas algo que lhe dê conforto, e, aos poucos, ele vai se soltando. À força, nada funciona em matéria educacional. Isso não significa que o educador não deva ser exigente. Exigente, sim; ríspido, não. Exigente, sim; desequilibrado, nunca.

O professor precisa compreender que sua relação com o aluno é de natural generosidade. Uma troca em que tanto a ausência quanto o cinismo são intoleráveis. Caminhar juntos. A ausência faz com que o aluno não espere nada do professor nem de si mesmo, o que é um desperdício. E o professor só aceitará caminhar com o seu aluno se ele próprio tiver consciência de que é também um ser humano sujeito às vicissitudes do mundo e da vida. É preciso ter o desejo de melhorar o mundo e acreditar na educação como o melhor caminho para fazê-lo. É preciso ter um amor transformador, que acompanhe, um a um, aqueles que nos foram entregues para o desafio da aprendizagem.

Temos muita coisa em excesso. O que não temos em excesso é a escassez de tempo. E por isso é preciso priorizar. A presença tem de ser inteira. Um professor que entra em uma sala de aula precisa acontecer. Estar inteiro na relação com os alunos. Encantar, motivar, instigar. Sua saída deve deixar uma sensação interna de continuar. O que importa é o que vem depois para os alunos. O conhecimento não se esgota, em hipótese alguma, na sala de aula. O aluno tem de sair dali com fome de saber. Para isso, a emoção e a razão precisam conversar. É estranho, mas cada vez mais as pessoas se emocionam menos com histórias do cotidiano. Buscam histórias extraordinárias. O que é um desperdício e um risco. O jovem vai participar de um racha e, com isso, coloca em risco a sua vida e as vidas de tantos outros, em busca de uma aventura extraordinária. Dirige uma moto a 160 km/h, sem capacete, em busca de uma história extraordinária que pode acabar com a sua vida. Droga-se, querendo viver a emoção. Destrói-se em busca da emoção. E a emoção está tão perto, mas ele não tem olhos para ver e não encontrou ninguém que o ajudasse.

Carlos Drummond de Andrade quis uma vez explicar por que lhe impuseram ser *gauche* na vida. *Gauche* é uma palavra de origem francesa que corresponde a esquerdo, ou então, a inepto, sem condições de ser alguém, em sentido figurado.

De Itabira, sua terra natal, para o mundo, o poeta quis mostrar que é possível transformar essas impressões de que não se será nada. A vida não é aquilo que foi determinado, mas o que nós decidimos.

Superar a dor e o prazer. Entender o passageiro e o definitivo. Utilizar as contradições que a vida nos apresenta, como a crença de que é possível ser alguém. Eis um desafio da poesia de Drummond. Eis um desafio do educador e do educando. Tão perto um do outro e, por vezes, tão distantes.

## Poema de Sete Faces*

*Quando nasci, um anjo torto,
desses que vivem na sombra,
disse: Vai, Carlos!, ser* gauche *na vida.
As casas espiam os homens
que correm atrás de mulheres.
A tarde talvez fosse azul,
não houvesse tantos desejos.
O bonde passa cheio de pernas:
pernas brancas, pretas, amarelas.
Para que tanta perna, meu Deus?, pergunta meu coração.
Porém, meus olhos
não perguntam nada.*

*O homem atrás do bigode
é sério, simples e forte.
Quase não conversa.
Tem poucos, raros amigos,
o homem atrás dos óculos e do bigode.*

---

* ANDRADE, Carlos D. de. *Alguma poesia*. Rio de Janeiro: Record, 2002.
Carlos Drummond de Andrade © Graña Drummond – www.carlosdrummond.com.br

*Meu Deus, por que me abandonaste*
*se sabias que eu não era Deus*
*se sabias que eu era fraco?*
*Mundo mundo vasto mundo,*
*se eu me chamasse Raimundo,*
*seria uma rima, não seria uma solução.*
*Mundo mundo vasto mundo,*
*mais vasto é meu coração.*
*Eu não devia te dizer,*
*mas essa lua,*
*mas esse conhaque*
*botam a gente comovido como o diabo.*

A luta de Drummond não é ingênua. Acreditar no aluno e deixá-lo só, sem instrução nem emoção, não resolve. É preciso estar por perto, até porque pedras não faltarão nessa fascinante caminhada.

## No Meio do Caminho*

*No meio do caminho tinha uma pedra*
*tinha uma pedra no meio do caminho*
*tinha uma pedra*
*no meio do caminho tinha uma pedra.*

---

* ANDRADE, Carlos D. de. *Alguma poesia*. Rio de Janeiro: Record, 2002.
  Carlos Drummond de Andrade © Graña Drummond – www.carlosdrummond.com.br

*Nunca me esquecerei desse acontecimento
na vida de minhas retinas tão fatigadas.
Nunca me esquecerei que no meio do caminho
tinha uma pedra
tinha uma pedra no meio do caminho
no meio do caminho tinha uma pedra.*

## Capítulo V

### Superando vícios e construindo virtudes

Virtudes são qualidades percorridas por quem é correto. Toda pessoa de boa índole percorre boas virtudes. O aluno virtuoso é aquele que estuda corretamente, que ajuda o outro, e se permite ser ajudado. Que respeita o professor e que compreende suas limitações. Que ama e é amado.

O professor virtuoso é aquele que se lembra o tempo todo do poder transformador que tem, das qualidades de ajudar o aluno a encontrar o seu caminho. O professor virtuoso ama e se permite ser amado. Ao mesmo tempo, é competente e cuidadoso.

Palavras. É fácil imaginar o que tem de ser. Por outro lado, os vícios são defeitos, comportamentos inadequados que destroem relações. Pessoas que se entregam àquilo que não faz bem.

Alunos viciados são os alunos cujo comportamento desagrada ao grupo. Têm postura que não condiz com quem busca aprender. Agridem, maltratam, atrapalham a boa harmonia de um grupo.

Professores viciados são aqueles que se entregam ao marasmo ou à burocracia de nada mais inventar na relação com o seu aluno. São arrogantes às vezes; ausentes, outras.

Continuamos no mundo das palavras. Dificilmente há de se encontrar um professor que seja integralmente virtuoso ou um aluno que não tenha vício algum. Não existe esse maniqueísmo. As pessoas vivem de fracassos e de vitórias. De quedas e de sonhos. De ódio e de amor.

Uma condição imprescindível para a boa relação na sala de aula é a compreensão de que a perfeição não existe. Existe vontade de superar. Existe determinação para recomeçar quando tudo parece ter se perdido.

A relação entre professores e alunos necessita privilegiar esse campo das imperfeições. O professor é imperfeito como o aluno também é. O professor erra e acerta. Da mesma forma, o aluno. São seres que se encontram para entender um pouco que é possível desenvolver o que cada um tem de melhor. Isso é uma grande virtude.

A virtude primeira é o amor. O amor responsável. O amor generoso. O amor compreensivo. O amor acolhedor. O amor inteligente.

Aprender com os aprendizes compõe uma interação necessária. O aluno não tem de ser passivo nessa relação. Ele aprende. Mas ele ensina.

Bertrand Russel assim orienta:

*A aceitação passiva da sabedoria do professor é fácil para a maioria dos meninos e meninas. Não envolve esforço de pensamento independente, e parece racional porque o professor sabe mais do que os alunos; é mais o caminho de ganhar o favor do professor, a menos que ele seja uma pessoa excepcional. Mas o hábito da aceitação passiva é um desastre, mais adiante na vida. Leva o homem a procurar e a aceitar um líder, e a aceitar como líder qualquer um que esteja estabelecido nessa posição.*

O aluno precisa de espaço para o desenvolvimento de sua autonomia. Tem de aprender a dizer não e a dizer sim. A discutir. E como isso há de enriquecer a relação na sala de aula! Um professor que não permite ser contrariado perde uma grande oportunidade de aprender. As inquietações marcaram as primeiras discussões nas escolas gregas e medievais.

O aluno não é objeto. É tão sujeito quanto o professor. A troca é profundamente instigante. E isso faz bem ao educador, porque o tira da rotina de dizer sempre as mesmas coisas para uma plateia que apenas cumpre o papel de assistir passivamente às suas explanações. O desafio de convencer e a humildade de ser convencido por outra ideia, por outro olhar. E tudo isso a serviço da construção de uma postura pessoal e profissional mais adequada.

Virtudes e vícios haverão de conviver, mas os valores bem trabalhados no processo educacional servem como bússola que não permite aos navegadores se perderem. Não é possível que se preveja na sala de aula tudo o que há de acontecer na vida. Mas é possível, sim, preparar para a vida. Preparar para dizer não para a desonestidade, para o ultraje, para a arrogância, para o comodismo, para o desperdício da vida. E preparar para dizer sim. Sim à tolerância, sim ao amor compartilhado, sim à vida correta de quem faz o bem como missão e como hábito.

Na escola, aprende-se, habitua-se a fazer o que é correto. Das coisas mais simples às mais complexas. De deixar limpo o banheiro a encarar com respeito todas as pessoas. Dos cumprimentos corriqueiros ao conceito de um mundo que precisa de intervenções sérias para que a dignidade humana não seja uma utopia.

São textos que saem das páginas dos livros e entram na vida. Histórias que iluminam as emoções e que conduzem as ações. Detalhes. Singeleza.

Clarice Lispector escreveu muitos contos assim. Um deles:

### Uma Galinha[*]

*Era uma galinha de domingo. Ainda viva, porque não passava de nove horas da manhã.*

*Parecia calma. Desde sábado encolhera-se num canto da cozinha. Não olhava para ninguém, ninguém olhava para ela. Mesmo quando a escolheram, apalpando sua intimidade com indiferença, não souberam dizer se era gorda ou magra. Nunca se adivinharia nela um anseio.*

*Foi pois uma surpresa quando a viram abrir as asas de curto voo, inchar o peito e, em dois ou três lances, alcançar a murada do terraço. Um instante ainda vacilou – o tempo da cozinheira dar um grito – e em breve estava no terraço do vizinho, de onde, em outro voo desajeitado, alcançou um telhado. Lá ficou em adorno deslocado, hesitando ora num, ora noutro pé. A família foi chamada com urgência e consternada viu o almoço junto de uma chaminé. O dono da*

---
[*] LISPECTOR, Clarice. *Laços de família*. Rio de Janeiro: Editora Rocco, 1998.

*casa, lembrando-se da dupla necessidade de fazer esporadicamente algum esporte e de almoçar, vestiu radiante um calção de banho e resolveu seguir o itinerário da galinha: em pulos cautelosos alcançou o telhado onde esta, hesitante e trêmula, escolhia com urgência outro rumo. A perseguição tornou-se mais intensa. De telhado a telhado foi percorrido mais de um quarteirão da rua. Pouco afeita a uma luta mais selvagem pela vida, a galinha tinha que decidir por si mesma os caminhos a tomar, sem nenhum auxílio de sua raça. O rapaz, porém, era um caçador adormecido. E por mais ínfima que fosse a presa o grito de conquista havia soado.*

*Sozinha no mundo, sem pai nem mãe, ela corria, arfava, muda, concentrada. Às vezes, na fuga, pairava ofegante num beiral de telhado e, enquanto o rapaz galgava outros com dificuldade, tinha tempo de se refazer por um momento. E então parecia tão livre.*

*Estúpida, tímida e livre. Não vitoriosa como seria um galo em fuga. Que é que havia nas suas vísceras que fazia dela um ser? A galinha é um ser. É verdade que não se poderia contar com ela para nada. Nem ela própria contava consigo, como o galo crê na sua crista. Sua única vantagem é que havia tantas galinhas que, morrendo uma, surgiria no mesmo instante outra tão igual como se fora a mesma.*

*Afinal, numa das vezes em que parou para gozar sua fuga, o rapaz alcançou-a. Entre gritos e penas, ela foi presa. Em seguida, carregada em triunfo por uma asa através das telhas e pousada no chão da cozinha com certa violência.*

*Ainda tonta, sacudiu-se um pouco, em cacarejos roucos e indecisos. Foi então que aconteceu. De pura afobação a galinha pôs um ovo. Surpreendida, exausta. Talvez fosse prematuro. Mas logo depois, nascida que fora para a maternidade, parecia uma velha mãe habituada. Sentou-se sobre o ovo e assim ficou, respirando, abotoando e desabotoando os olhos. Seu coração, tão pequeno num prato, solevava e abaixava as penas, enchendo de tepidez aquilo que nunca passaria de um ovo. Só a menina estava perto e assistiu a tudo estarrecida. Mal, porém, conseguiu desvencilhar-se do acontecimento, despregou-se do chão e saiu aos gritos:*

*— Mamãe, mamãe, não mate mais a galinha, ela pôs um ovo! ela quer o nosso bem!*

*Todos correram de novo à cozinha e rodearam mudos a jovem parturiente. Esquentando seu filho, esta não era nem suave nem arisca, nem alegre, nem triste, não era nada, era uma galinha. O que não sugeria nenhum sentimento especial. O pai, a mãe e a filha olhavam já há algum tempo, sem propriamente um pensamento qualquer. Nunca ninguém acariciou uma cabeça de galinha. O pai afinal decidiu-se com certa brusquidão:*

*— Se você mandar matar esta galinha, nunca mais comerei galinha na minha vida!*

*— Eu também! jurou a menina com ardor. A mãe, cansada, deu de ombros.*

*Inconsciente da vida que lhe fora entregue, a galinha passou a morar com a família. A menina, de volta do colégio, jo-*

*gava a pasta longe sem interromper a corrida para a cozinha. O pai de vez em quando ainda se lembrava: "E dizer que a obriguei a correr naquele estado!" A galinha tornara-se a rainha da casa. Todos, menos ela, o sabiam. Continuou entre a cozinha e o terraço dos fundos, usando suas duas capacidades: a de apatia e a do sobressalto.*

*Mas quando todos estavam quietos na casa e pareciam tê-la esquecido, enchia-se de uma pequena coragem, resquícios da grande fuga – e circulava pelo ladrilho, o corpo avançando atrás da cabeça, pausado como num campo, embora a pequena cabeça a traísse: mexendo-se rápida e vibrátil, com o velho susto de sua espécie já mecanizado.*

*Uma vez ou outra, sempre mais raramente, lembrava de novo a galinha que se recortara contra o ar à beira do telhado, prestes a anunciar. Nesses momentos enchia os pulmões com o ar impuro da cozinha e, se fosse dado às fêmeas cantar, ela não cantaria, mas ficaria muito mais contente. Embora nem nesses instantes a expressão de sua vazia cabeça se alterasse. Na fuga, no descanso, quando deu à luz ou bicando milho – era uma cabeça de galinha, a mesma que fora desenhada no começo dos séculos.*

*Até que um dia mataram-na, comeram-na e passaram-se anos.*

O que se esconde nas entrelinhas desse conto? Que mudanças foram operadas naquela família a partir do ovo? O que representa o ovo? Por que a criança foi a primeira a enxergar? Por que a galinha foi a única a não entender? Por que o final foi diferente do imaginado?

As questões literárias são fascinantes porque não são uníssonas. É possível entender de múltiplas maneiras. O que não se pode é reduzir a beleza que nos encanta por detrás dessas páginas. Deve-se permitir que o aluno encontre as virtudes e os vícios em tantas histórias de vida, e que ele escreva sua própria história, ajudando a formar seres para a liberdade.

É preciso construir coletivamente a virtude da liberdade.

Liberdade é a ousadia de fazer uso sem medo da razão. Liberdade não é fazer isso ou aquilo apenas. É fazer isso ou aquilo porque antes veio o pensamento, a comparação e depois a decisão. É um caminho dos que não aceitam passivamente a primeira escolha feita por outros.

Liberdade é arrebentar as tantas correntes advindas de uma sociedade que tem tanta dificuldade de aceitar o diferente. Talvez por medo. Talvez por acomodação. Liberdade e acomodação são forças que não combinam. Um pássaro não deixa de voar porque encontrou um feixe de conforto onde haverá de viver a sua história. Pássaro que é pássaro não busca o conforto. Busca o infinito.

Pessoas livres são aquelas que conseguem dizer não ao conforto do não fazer. Ao direito que acham que têm de não subir ao palco. Preferem ver o que vai acontecer. Triste a vida sem vida.

É preciso que nós, professores, optemos pela liberdade para que, livres, ensaiemos uma outra canção com os nossos alunos. Sem medo de desafinar. Desafinar faz parte do ensaio. O pior é não cantar.

A música da liberdade ecoa como um instrumento poderoso. Os vícios estarão por aí, mas serão dominados pelas virtudes. Negar o vício é ingenuidade. Negar a virtude é escravidão.

O vício aprisiona. A virtude liberta. Os alunos precisam aprender a se libertar do vício, e deixar de achar que ele não existe. Se assim não fizerem, estarão despreparados. É preciso saber que o leão existe e é poderoso. Não adianta fingir que só há animais carinhosos pelo caminho. Eles conseguirão enfrentar o leão se souberem da sua existência e se conhecerem as armas para detê-lo.

Liberdade é missão. Nascemos para a liberdade e não há como negá-la. É essa nossa sina. Não fomos feitos em série. Não somos máquinas nem robôs. Somos gente. E gente é gente porque é livre. E, se é livre, tem de agir.

E é de amizade que professores e alunos precisam para que o amor torne as pessoas mais competentes e corajosas. O saber não pode estar trancado nas bibliotecas empoeiradas. O saber deve estar a serviço da essência e da convivência.

Que a liberdade e a esperança nos realimentem a cada nascer do dia, como expressa Tagore, um dos maiores poetas hindus, no belo poema:

## Cântico da Esperança*

*Não peça eu nunca
para me ver livre de perigos,
mas coragem para afrontá-los.*

*Não queira eu
que se apaguem as minhas dores,
mas que saiba dominá-las
no meu coração.*

*Não procure eu amigos
no campo da batalha da vida,
mas ter forças dentro de mim.*

*Não deseje eu ansiosamente
ser salvo,
mas ter esperança
para conquistar pacientemente
a minha liberdade.*

*Não seja eu tão cobarde, Senhor,*

---

* TAGORE, Rabindranath. *O coração da primavera*. Manuel Simões (trad.). Curitiba: Editora Braga, 1990.

*que deseje a tua misericórdia*
*no meu triunfo,*
*mas apertar a tua mão*
*no meu fracasso!*

*Gritei:*
*— Vendo-me!*
*O Rei tomou-me pela mão e disse:*
*— Sou poderoso, posso comprar-te.*
*Mas de nada lhe serviu o seu poder*
*e voltou sem mim no seu carro.*
*As casas estavam fechadas*
*ao sol do meio-dia,*
*e eu vagueava pelo beco tortuoso*
*quando um velho*
*com um saco de oiro às costas*
*me saiu ao encontro.*
*Hesitou um momento, e disse:*
*— Posso comprar-te.*
*Uma a uma contou as suas moedas.*
*Mas eu voltei-lhe as costas*
*e fui-me embora.*

*Anoitecia e a sebe do jardim*
*estava toda florida.*
*Uma gentil rapariga*
*apareceu diante de mim, e disse:*

— *Compro-te com o meu sorriso.*
*Mas o sorriso empalideceu*
*e apagou-se nas suas lágrimas.*
*E regressou outra vez à sombra,*
*sozinha.*

*O sol faiscava na areia*
*e as ondas do mar*
*quebravam-se caprichosamente.*
*Um menino estava sentado na praia*
*brincando com as conchas.*
*Levantou a cabeça*
*e, como se me conhecesse, disse:*
— *Posso comprar-te com nada.*
*Desde que fiz este negócio a brincar,*
*sou livre.*

# Títulos desta coleção

Coleção Cultivar

# GABRIEL CHALITA

## Semeadores da esperança
Uma reflexão sobre a importância do professor

Coleção Cultivar

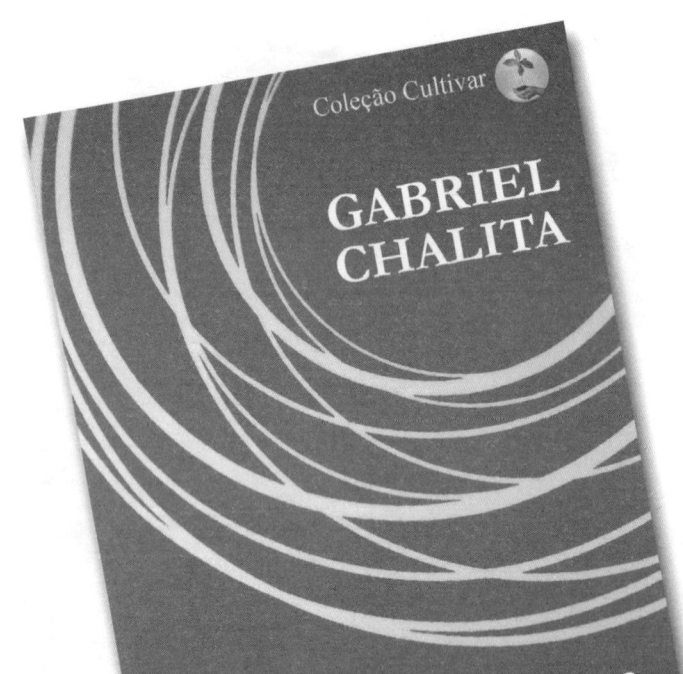

# GABRIEL CHALITA

## Famílias que educam

Coleção Cultivar

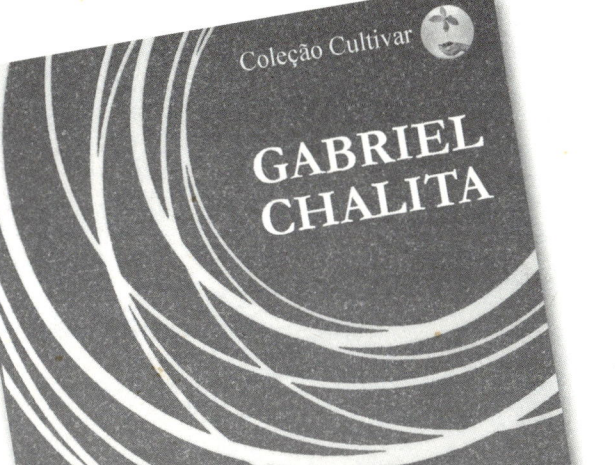

# GABRIEL CHALITA

## A escola dos nossos sonhos

A escola: espaço de acolhimento

Coleção Cultivar

# GABRIEL CHALITA

## Aprendendo com os aprendizes

A construção de vínculos entre professores e alunos

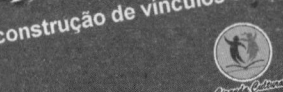